クトゥルー・ミュトス・ファイルズ
The Cthulhu Mythos Files

C市からの呼び声

小林泰三

創土社

目　次

C市に続く道……5
C市……255
あとがき……293

C市に続く道

1

その港は異様な潮《しお》の臭いに覆《おお》われていた。

黄色く濁《にご》り、腐った煮汁のような雲が常に低く垂れこめ、肌に粘りつくような尋常でない湿気に当てられ、道路のそこここに何かが腐った溜《た》まりが発生し、それがなおさら気分をうんざりとさせた。

港は内湾に面しているが、周辺の海流の関係で、海水の出入りはほぼなく、魚たちは自然の生《い》け簀《す》の中で養殖《ようしょく》されているのに近い状態だった。ときおり、外界から潮が流れ込んでくることもあったが、それは遠洋で発生した嵐か海底地震による不可解な濁りが発生したときのみに限られており、湾全体が明らかに不自然な色合いに染まるのだった。

湾内には通常、海水中には存在しないような化学物質が濃縮されており、生態系もその影響を受けていた。捕《と》れた魚は例外なく、どこかが歪《ゆが》んでいた。外海の魚と同一種であっても、到底同じ魚には見えず、「因襲鱒港」などという半ば蔑称《べっしょう》で呼ばれることが多かった。港自体も本来の名称ではなく、因襲鱒《いんすます》などといった特別な名前が付けられることが多かった。

目の数が違っていたり、蛇のような外見だったり、おかしな場所から鰭《ひれ》が突き出ている上に、傷みが大変早い。陸揚《あ》げしたときにはすでに特徴的な臭いを発している。海から引き揚げた瞬間からすでに嫌な臭いを出していたという報告もある。

そのような魚はいくらかは、港外に売られることはあったが、たいていは三流の肥料に使用されるらしい。したがって、殆どは港内で消費されることになる。

調理法は刺身、煮込み、発酵《はっこう》のどれかだった。

刺身は身の中に濁った油の袋のようなものが大量に含まれているため、港以外の人間はここの刺身を一口食べた瞬間に吐き出してしまうことが多かった。無理に飲み込んだ場合、数日間は体調不良に襲われる。吐き下しが続き、ついに血を吐く頃にようやく収まるのだ。

煮込んだ場合、その身は骨を残して一瞬で溶けてしまう。そして、不思議なことに骨はばらけずにそのままの形を保ち続ける。まるで、生きているときそのままに、どろどろの緑色の泡立つスープの中で、その骸骨《がいこつ》魚がのた打ち回っているのを見たと主張する者がいるが、それはおそらく液体の対流による錯覚だろうと言われている。スープは濃厚だが、やはり独特の臭みがあるので、港の出身者以外はまず口を付けようとはしない。

発酵食品の方は伊豆諸島などに伝わるくさやと似た印象を持たれることもあるが、実はそれとは全く違うものである。くさやは新鮮な魚を開いたものをくさや汁に浸《つ》け込んだ後、干物《ひもの》にするのだが、この港の発酵食品は魚を生きたまま、特別の発酵液に浸けるのだ。この液の由来は誰も教えてはくれないが、すでに数世紀の間使用され続けているという真《まこと》しやかな話もある。汁の見掛けはどす黒い泥なのだが、所々血のような赤い部分もあり、それが気のめいるような印象を与えている。それに放たれた魚は苦しみながらもすぐに死ぬことはなく、生きながら徐々にその身が発酵していくという。村人がサンプルを提供するのを拒否しているため、そのメカニズムは解明されていないが、おそらく汁の中に生息するなんらかの微生物が魚と共生状態になり、その身を発酵分解する代わりに、何かの活力を与えるのではないかと推測されている。食べ方は簡単で、鱗《うろこ》や顔が溶けてしまっても生きている魚を皿の上に置き、その上から発酵汁をかけて、そのまま身や内臓を箸《はし》で穿《ほじ》って食べるのだ。できるだけ魚を生かしたまま食べるのが通《つう》の食べ方だとされていて、名人になると、頭と心臓だけにしてもまだ生きているという。この料理が提供されると、その家だけではなく、周辺にまで臭気が長期間停滞することになる。港の住民以外で、食べるのに挑戦した物好きが何人かいたようだが、悉《ことごと》くその後体調を崩して療養生活に入った。

　村人たちはこの港の特殊な環境に適応したのか、あるいは元々東洋人とは別の人種の子孫であるのか、独特の風貌をしていた。周辺の村落では、数世代前までこの港の人々の顔を揶揄《やゆ》して「因襲鱒顔」などと呼ぶ悪習が残っていたが、さすがに近代化した現代においては、そのような恥ずべき習慣は駆逐《くちく》されつつある。ただし、現代においても、なんとなくこの港の人々は周辺地域から敬遠され、孤立する傾向は強い。何度か遺伝子検査によって、人種的系統を調べようという試みがなされたが、これもサンプルの提供が得られないため、実行されていない。おそらくネアンデルタール人やデニソワ人が古代において、現生人類と交雑したように、いまだ発見されていない未知の人類の血を引いているのではないかと推測されてはいるが、もちろんそれも定かではない。

　この漁港をＣＡＴ（〝Ｃ〟Atack Team）研究所の立地先にしようと提案したのは、世界的なＣ研究の権威《けんい》であるビンツー教授だった。彼はＣＡＴの最高委員会のメンバーに対し、日本のある地方についての報告を行った。

その地方の陸上の地形、海底の地形、そして海流や気候を具《つぶさ》に調査し、解析したところ、極めて特異な地域であることがわかったのだ。この地域は、様々な希少物質が集中する異様な場になっている。しかも、おそらく岩盤中の特定の金属物質の配合によるのだろうが、地磁気《ちじき》も異様な偏角《へんかく》を持っており、それがこの地域の緯度と経度――それぞれが特別な角度になっている――と複合的に作用して、ある種の結界として機能していることが判明した。Ｃへの対抗策を研究する場所としては、ここより適したところは考えられない。報告内容は以上のようなものだった。

委員会のメンバーは、その報告を俄《にわ》かに信ずることができなかった。いくら、ビンツー教授がＣ研究の権威であるとは言っても、日本のような先進国の一地域にそのような特殊性が保持されているというのは奇跡的なことであると思われたのだ。

そこで、このたび、ビンツー教授を団長とする調査団が組織され、その漁港の調査が行われることになった。

公平を期すため、調査団には、対Ｃ消極派やＣ存在懐疑《かいぎ》派のメンバーも参加することになった。ビンツー教授はＣの出現に先んじて、対抗策、それも軍事的なものを準備しておかなくてはならないと考えている派閥のリーダーだった。Ｃは人類の敵であり、それと戦うことは種としての義務であるとすら考えていた。

それに対し、消極派である副団長の骨折《ほねおり》博士は、Cと戦うこと自体を否定していた。Cは人類と比較して圧倒的な存在であり、敵対行為は何の益も生み出さない。ただただ、脅威が過ぎ去るのを待つのが正しい態度であり、その結果、人類が壊滅的なダメージを受けたとしても、それが自然の摂理《せつり》であるなら、甘んじて受け入れるべきだと考えていた。

また、メアリー研究員はCの存在自体を疑っていた。その存在の根拠は世界各地に散らばった遺跡や古《こ》文書《もんじょ》、そして非合法のカルト教団の教義、あるいは精神疾患《しっかん》の疑いのある人々が夢に見たとか、実際に異界を訪れたとかいう証言のみである。そのようなものを信じて、海中都市だと言われているものに核攻撃をしたアメリカ海軍は、一種の集団ヒステリー状態にあったのではないかと疑っていた。Cが実在するという客観的な証拠は何一つないのだ。それにも拘《かか》わらず、積極派も消極派も、Cが存在することを大前提として議論している。これは全く納得のいかないところだった。

各派閥は自分たちの正しさを確信しており、他の派閥の意見は一考《いっこう》にも値しないと考えていた。ただし、Cについて研究することに意義があることについては、同意が形成されている。もっとも、懐疑派にとってはCそのものではなく、文化としてのCであったが。

約二十名ほどの調査団は、役所に話を通してあったにも拘わらず、住民から不信の目で見られた。港には、ホテルも旅館も民宿も存在していなかったが、比較的広く、使われていない住宅があったため、そこを借りることになった。持ち主には連絡が付かなかったのだが、今後連絡が付いたときに許可が下りなかった場合は直ちに退去するという条件で、行政上の特例として認められたのだ。

調査団は早速、村のあちこちに観測機器を設置し始めた。通常の気温、湿度、降水量、風速の他、磁場や宇宙線の濃度、電磁波や超音波や振動などの測定を行うものだ。また、住民にこの土地の言い伝えや風習などについての聞き取り調査も行われた。

村には、歴史的にも網元《あみもと》のような明確な支配層はいなかったらしい。漁業権は村全体の共有になっているようだった。ある意味現代的な集落だとも言える。ただし、収穫した魚介類は村外へ売れることはあまりないため、現金収入は殆どないも同然だった。だから、少額の謝礼を出すだけで、住人達は実に饒舌《じょうぜつ》に語ってくれた。

港の伝承によると、やはり彼らの祖先はここことは違うどこかからやってきたと信じているようだった。海の彼方《かなた》から来たのかと訊くと、そういう者もいるが、そうではなく時間の彼方から来た者もいる、という理解しがたい答えが戻ってくることが多かった。それは具体的にはどこかと尋ねると、〝フナボシ〟だという。それは〝フォーマルハウト〟という一等星を指す、この地の方言だという。日本の古くからの伝承では月から来たというものはあるが、恒星から来たというものは知られていないため、どうやらこれは近代になって作られた疑似的な言い伝えではないかと考える者もいたが、もちろんそれを実証することは難しい。

この港には新鮮な食べ物は強い臭いの魚以外に存在しないため、数日後には殆どの団員が体調を崩すことになった。それからは、毎日何人かが近くの街まで買い出しに出掛けるようになったが、住民たちはどうもそれが気に喰わないようだった。

団長であるビンツー教授は、何が問題なのかと住民に尋ねてみた。すると、この港にいる間はこの港のものを食べないといけない、そうでないと〝くらら様〟との盟約を違えることになるという奇妙な信仰めいたことを口にするのだった。

ビンツー教授は考えた末、村人から魚を調達すると同時に、部下たちを隠れてひっそりと街への買い出しに行かせた。魚は地中に埋めるなどして始末し、街から購入したものを実際の食事とした。

調査が始まって数週間が経った時期でも、まだ調査団と住民は全く打ち解《と》ける気配がなかった。それどころか、設置した測定装置が夜間に破壊されるなどの嫌がらせ行為が、徐々にエスカレートするような有様だった。

メアリーたち懐疑派は、住民に歓迎されない状態で、調査を進めることはどちらの利益にも繋がらない、ここは、この地に研究所を建設することを諦めるか、少なくともいったん調査を中断して出直すべきではないか、と提案した。

だが、ビンツー教授は納得しなかった。Cがいつ復活するかは、誰にもわからない、無駄な時間はないのだ、今から世界各地の再調査や建設予定地の政府や自治体との交渉をしている余裕はない、とあくまでこの地に研究所を建設することに拘《こだわ》った。

測定装置の近くに防犯カメラが設置されることになった。設置してしばらくは破壊工作が減ったが、数日経つと、今度は防犯カメラ自体が死角から破壊されるようになっていった。仕方がないので、今度は防犯カメラを、隠しカメラとして設置することにした。すると、不思議なことにまた破壊工作がなくなった。

隠しカメラは設置したことすら知られないようにしているため、その存在を感知したということは、調査団の中に情報を漏らしているものがいる可能性が高かった。

ビンツー教授は自ら直接団員達への面接を行い、犯人を突き止めようとした。だが、住民への内通を告白する者はおらず、彼の苛立《いらだ》ちは日々積もっていった。

この港は行政区画としては、この地域全体で構成される「市」の一部とされていたため、当然ながら村長はいない。しかも、自治会も未整備のため、自治会長すらいなかった。だから、住民とのトラブルの解消のためには、村の顔役を頼るしかなかった。もちろん、顔役は公的な存在ではないので、実に漠《ばく》とした認知でしかなかった。何人かの住民に確認したところ、顔役として或差路《あるさろ》という男を上げたものが七割、顔《かお》黒《ぐろ》という男を上げた者が三割だった。どうも村の中は二派に分かれているらしいと気付いたビンツー教授は、とりあえず或差路と交渉することにした。

或差路はかなり高齢の男で、濃厚にこの村の特徴が表れた顔をしていた。ビンツー教授が訪れたときは、船の上で網に引っ掛かったまま取れない、死んだ魚の処置をしていた。

この村の誰かが我々の装置を破壊している、とビンツー教授はいきなり本題を切り出した。

或差路はちらりとビンツー教授を睨《にら》んだきり、何も答えなかった。

ひょっとすると、この男は英語がわからないのではないかと思い、つれてきた通訳に日本語に訳させたが、やはり返事はなかった。

我々は県にも日本国政府にも許可を得て、調査を行っている、もし、これ以上我々の邪魔をするなら、法的措置《そち》をとる準備がある、とまで言った。

すると、漸《ようや》く或差路は口を開いた。法的措置とは何か、俺たちを逮捕するということか、と。ビンツー教授は口籠《くちごも》り、そして、いきなり逮捕ということはないが、この港に警察に来て貰うことになる、警察に入られるのはいやだろ、と返した。

或差路は少し考え込んだ。そして、協力しても構わない、と答えた。そして、自分の身内はおまえたちを快くは思っていないが、勝手に人様のものを壊すような輩《やから》はいない、おそらく顔黒の身内だろうから、俺が話を付けて来てやる、と。そして、今網から外したばかりの魚にかぶり付き、頭部を齧《かじ》り取った。齧る瞬間、ビンツー教授の目には、或差路の口内に先の尖《とが》った牙のような歯がびっしりと生《は》えているのが見えた。

数日後、或差路は調査団が逗留《とうりゅう》している廃屋敷にやってきて、話は付けてきてやった、と報告した。いったい何があったのかと尋ねると、何たいしたことはない、あいつらが調査団を追い出したいなどと抜かすから、そんなことをしたら警察が乗り込んでくるぞ、と言うと、警察も追い出してやると言いやがる。だから、お仕置きをしてやった。あっと言う間に大人しくなっちまったさ、と言う。いったいどんなお仕置きをしたんだ、と尋ねると、何、たいしたことはない、港で普通にやっていることだ、と言いながら、懐《ふところ》を探り、湿って悪臭のする手首程のものをテーブルの上においた。形もまるで手首のようではあったが、その皮膚は人のものというよりは蛙《かえる》に近い質感であり、そもそも指の間に水掻《みずか》きが付いていた。

これは何だ、と尋ねると、まあ、あいつもこれで大人しくなるだろう、と笑ってすぐに帰っていった。

ビンツー教授は調査団の中で生物に詳しい者を呼び寄せると、これは何かと尋ねた。

その団員は、解剖学的には、人間のものとは思えない、おそらくなんらかの海獣か水棲《すいせい》爬虫類の前肢《まえあし》だと思われるが、ここには専用の設備がないので、それ以上詳しいことはわからない、詳細な分析が必要なら、冷凍保存して、しかるべき研究機関に送る必要があります、と正直に答えた。ビンツー教授は人間のものではないとわかった段階で、これ以上調べる必要はないと判断して、そのまま廃棄処分とした。

後に、団員が村内でたまたま顔黒と出会ったとき、その右手が欠損している様が認められたが、ビンツー教授はただの偶然であろうと、その報告を一蹴《いっしゅう》した。

それからは順調に調査が進み、村のデータが集まるにつれ、ますますこの地が研究所建設に最適だということがわかり、ビンツー教授は狂喜した。

だが、団員たちが全員賛成した訳ではなかった。湾沿岸はずっと干潟《ひがた》が広がり、それがそのまま内陸部の沼地へと繋がっている地形であるため、地盤は極めて軟弱であるという予想が付いたためだった。建物を一、二棟建てるだけなら、小規模な地盤工事で問題ないだろうが、研究所となると、ビルが数十棟は必要となる。そうなると、前代未聞の大地盤工事が必要となってしまう。しかし、Cの到来はすぐそこに迫っているのだ。到底、念入りな地盤工事を行うような余裕はない。

ビンツー教授は鼻で笑った。

君たちはいったい何を心配しているのか。地震か？　津波か？　高潮《たかしお》か？　洪水《こうずい》か？　そんなものはCの出現に較べれば些末《さまつ》な事象だ。そもそもCの出現が迫っているというのなら、その間に災害が起こる可能性は殆どないも同然だろう。そんなものは無視しろ。我々が直視しなければならないのは、Cの出現だ。

ビンツー教授は大規模な地盤改良なしで、いきなり湿地の上に数十棟もの建物を建てる設計図を引くよう、CAT本部に進言した。彼の進言により、本部では大変な論争が始まったが、彼はそんなことはどこ吹く風で、さらに詳細な調査を続行した。彼の調査は一メートル以下の高低差の微地形にまでおよび、村の民家がなくなり、高層建造物群が出現した場合のシミュレーションまで行われた。シミュレーションの精度が上がれば上がるほど、データの不備が目立つようになった。つまり、湾内外の海流、潮流、海上の風速、気圧のデータが必要不可欠であることが明白になったのだ。

ビンツー教授はCAT本部に調査船の派遣を要求した。だが、本部ではいまだにビンツー教授の研究所建設の進言の検討が続いている上、この村は通常の航路から大きく外れているため、諸々の諸手続きが煩《はん》雑《ざつ》なこともあり、調査船派遣の検討を行う余裕がなかった。

痺《しび》れを切らしたビンツー教授は村の漁船を借りられないかと、或差路と交渉を始めた。

或差路は頑《かたく》なに拒否した。

漁船を貸す訳にはいかない。漁船は漁師にとって大事な財産だ。これを失えば、生きる道を失う。ここの海は穏やかに見えるが、それは単に見掛けだけであって、その本当の姿は都会の人間が想像するものとはかけ離れている。漁師たちが無事でいられるのは、何代も語り継がれた操船の秘伝があるからであって、それも毎回同じ手順を踏む必要がある。漁《りょう》ではない目的にこの船を使ったが最後、漁師も生きて帰ることはできないであろう。だから、漁船を貸すことも、一緒に海に出ることもできない。ただし、あんたらが勝手に海に出るのは構わない。この港には漁船以外の船もあるから、それを貸そう。ただし、船が帰ってこなかった場合は――おそらく帰ってはこないだろうが――それ相応の金は支払って貰う。

ビンツー教授は、或差路の言ったことを無知な人間の妄言《もうげん》だと決めつけた。ここは太平洋のど真ん中ではない。東アジアの巨大な島国の近海だ。未知の海流などが存在するとは考えられないし、予報されない天候の変化もまず起こらないだろう。船さえあれば調査は可能だ。彼は或差路から船を借り受ける約束を取り付けた。

2

それは定員五名のモーターボートだった。

「こんな小舟で調査に出ろと？」ひょろりとした白髪の中年男性——骨折《ほねおり》博士は明らかに不服げだった。

「調査にはこれで充分だ。湾内の面積は八百ヘクタールに過ぎない。また外海に出たとしても距離はほんの数キロだ。何も台風のさ中に出港しろと言っている訳ではない。何の不足があるというのだ？」骨折博士よりやや年上で、東洋人と白人の両方の血を引いているらしき容姿のビンツー教授は、聞く耳を持たないようだった。

「不安定過ぎる。波で揺れては、測定データが信頼できない」

「その程度の誤差なら、ソフトウェア的に処理できる。わたしのスタッフの技術力を軽く見て貰っては困る」

「調査人員は？」

「君を含めた三名だ」

「この船には五人乗れるはずだ」

「機材を乗せなければならない。その重量を勘定《かんじょう》にいれると、乗組員は三名だ。そのうち一人は船舶《せんぱく》免許を持っている。これで充分だ」

「スタッフは誰だ？」

「君とはあまり親しくないようだが、同じ日本人を選んでおいた。言葉が通じる方がいいだろう」

「わたしは海外育ちなんだよ」

「日本語は苦手か？　それは悪いことをした。だが、今更メンバー変更をするまでもないだろう。紹介する。松田竹男君と篠山みどり君だ」

ビンツー教授の後ろから若い男女が現れた。

男性の方は生真面目《きまじめ》そうだが、目がぎらぎらしていて、偏《かたよ》った情熱を感じられた。

女性の方からは冷静で芯《しん》の強そうな印象を受けた。

「彼らは、ＹＩＴＨ技術の研究者なんだよ」ビンツー教授は言った。

「ＹＩＴＨ技術？　何だ、それは？」骨折博士は二人を不審そうに見た。

「Yielding Information Technology for Human の略です」竹男が言った。

「言わんとすることの意味は何となくわかるが、英語としては不自然だ」

「別に構わないです。この分野に興味があるのは日本人だけなので」

「どういった技術なんだ？」

「よくぞ聞いてくれました。人間の脳に高速かつ大量の情報を注入するための技術なんですよ。そのためわたしは脳の深部に電極針を挿入するという方法を採用しました。元になる発想は血沼《ちぬ》壮士《そうじ》という人物による時間に関する実験が元になっていまして、まず脳のこの部分」竹男はポケットから取り出した何かの切れ端に脳の見取り図を描き出した。「それと、この部分に電極を刺して、その間に微弱電流を流します。それはほんの……」

「君の興味深い研究については、後ほど聞かせていただくことにするよ」骨折博士は竹男の話を遮った。

『興味深い』とおっしゃいましたね」

「いや。そういうつもりでは……」

「ありがとうございます！」竹男は目を輝かせて骨折博士の手を握った。「そう言っていただけたのは初めてなのです！　いやあ。世界のわかる人にはわかるんですね！」

骨折博士は困ったような顔をビンツー教授に向けたが、ビンツー教授は笑いを堪《こら》えて顔を背《そむ》けた。

「君の理論は後で聞くとして、君たちのCに関する素養をお聞かせ願おう」

「とおっしゃいましても……」竹男は困った顔をした。

「どういうことだね？　まさか、Cに関する知識を持たないとでも言うんじゃないだろうね」

「ええと、知識が皆無という訳ではないんですよ」みどりが弁解した。「ただ、それが一般的な知識というだけで……」

「一般とは言っても、まさかそこいらのサラリーマンが週刊誌で知る程度という訳ではないだろう？」

「ええとですね」竹男は頭を掻《か》いた。「もちろん、Cthulhu《くとひゅーるひゅー》を軽視しているという訳ではないんですよ。でも、まあ、今まで我々には縁がなかったというか。あるでしょ。そういうこと、たまたま詳しく知る機会がなかった重要な研究って」

「ビンツー君、これはどういう事かね？　わたしにずぶの素人《しろうと》を当てがうとは！」

「おや。そうだったのかい？　自らＣ調査団に志願したというので、てっきりＣのエキスパートだとばかり思い込んでいたのだが」

「いや。所長から強制的に応募申込書を書かされたんですよ。きっと体《てい》のいい厄介《やっかい》払いでしょ」竹男はへらへらと言った。

「君もＣの正式名をやたらと声に出すんじゃない！」骨折博士は苛立たしげに言った。「その言葉自体に何か力が込められているかもしれんのだぞ」

「大丈夫ですよ。今まで、何百回も言ってますが、別に何も起こっていませんから」

「小さな積み重ねが大きな出来事に繋がることもあるのだ。そういう意味の日本の諺《ことわざ》を知らんのか？」

そして、ビンツー教授に向かって言った。「君は絶対に知っていたな！」

「だからと言って何だ？　こんな単純な計測任務に優秀な人材を回せとでも言うつもりか？」

「すみません。それって、わたしたちを馬鹿にした発言ですか？」みどりが言った。

「そういう訳ではない。人は皆、自分の才能に見合った仕事をすればいいという意味だ」

「じゃあ、そういう訳じゃないですか」

「どう取ろうと君たちの勝手だ」ビンツー教授は投げやりな調子でそれだけ言うと、さっさとその場を離れた。

「何よ、あの態度！」みどりは相当憤慨している様子だった。

「俺はそんなに気にならないよ。今日は、俺の研究の理解者を発見した記念すべき日だからね」竹男は上機嫌だった。

「わたしたち、馬鹿にされたのよ！」

「そういうのはほっとけばいいんだよ。俺たちには理解者がいるんだから。ねえ、骨折先生」

骨折博士はごほんごほんと咳《せき》をした。「そんなことより、船舶免許を持っていると聞いたが、どっちかね？」

「わたしです」みどりが答えた。

「じゃあ、松田君は測定装置の操作を担当して貰おうか」

「どの装置ですか？」

「これ全部だ」骨折は桟橋《さんばし》に積み上げられた数十個もの装置を指差した。

「これ全部ですか！」竹男は目を丸くした。

「様々なデータを集めなければならないからな」

「既製品は殆どありませんね。全部、特別に作らせたものですか？」

「業者に作らせたものもあるし、研究スタッフが独自に組み上げものもある」

「おや？　これは何ですか？」

「これは米国の古い測定装置だ」

「古いと言っても十年、二十年ではないですよね？」

「百年は経っているだろうな。ティリンガストという自称科学者だ残した遺品だ。ビンツー教授が何らかの手段で入手したらしい」

「どうしてこんな骨董品《こっとうひん》を持ってきたんですか？」

「同じ性能を持つ計測器を作ることができんからだ」

「どうしてですか？　百年以上前の技術でしょ？」

「それがどうしても機能を再現できんのだ」

「それはつまり、ティリンガストが何か未知の機構を仕込んだということでしょうか？　それとも、彼自身も知らない偶然が奇跡をなしとげたんでしょうか？」

「それがわかれば苦労はない訳だ。……おい、君、何をしてるんだ？」

骨折博士が驚いたのは無理もない。竹男はそのティリンガストの測定装置を無理やり抉《こ》じ開けようとしたのだ。

「それは一つしかない大事な装置なんだ。勝手に触ってはいかん」

だが、次の瞬間、装置の筐体《きょうたい》は大きな音を立てて砕けた。

「ほう」竹男は興味深げに中の回路をいじくった。「これは特殊な真空管だ。いったいこれで何を測定するつもりなんですか？」

「空間電位だ。普通の測定器では測れないような空気中の電位を直接測定できるのだ」

「それはおかしいですね。この機構では空間の電位は測れないはずですよ」

「それが測れるのだ。原理などどうでもいい。今の我々にとって、その装置は必要なのだ」

突然、竹男はポケットからニッパーを取り出し、導線を二、三本切断した。

「何をしてるんだ!!」骨折博士はあまりのことに激怒した。

「おそらくこの回路は間違った接続をされています。おそらく修理しようとした人が間違えたのでしょう」

竹男はすばやく回路を繋ぎ変え、スイッチを入れた。「こうすれば安定します。真空管が温まるまで少し待ってください」

「君は首だ!! 今すぐこの港を出ていけ」骨折博士は真っ赤になって激怒した。

だが、竹男は涼しい顔で言った。「いや。見ててください。あと少しでわかって貰えると思います」

数分後、ぶーんという低周波音が聞こえ出した。

竹男がダイヤルを調整すると、メーターの針が動き出し、明確な値を示し出した。

「おお。これは……」骨折博士は目を丸くした。「素晴らしく安定している。……だが、これが真の値かどうか、評価をしてみないと何とも言えないな」

「仮に真の値じゃないとしても、問題ありますか？ 測定器がこれ一つしかないのだから、この値を真値だと定義すればいいんじゃないですか？」

「君の研究分野はそんな適当な測定結果を使っているのか？ 真に信じがたい」

「俺は原理原則よりも実用性を重んじるんですよ。人間の技術はそうして発達してきたんですから」

「馬鹿な。それでは魔法と区別がつかないではないか。そんなものを科学とは呼べない」

「お言葉ですが、原理原則の解明に拘っていては、いつまで経っても技術の実用化は不可能です」

「そういう短絡的な態度が近年の自然破壊を招いているとは思わんのかね？　科学に早急な進歩は相応しくない。常に自らを省みながら、慎重に進むべきなのだ」

「闇雲に突き進めということではないんです。そもそも究極の科学の真理の解明は、人間には不可能かもしれません。そんなものを追い求めるより、小刻みに成果を技術として役立てていく方が人類を幸せにします」

「その理念のなさが問題だと言うことがわからんのか！」

「いや。それを言うなら、この装置を空間電位測定に流用していること自体、原理原則に反しているんじゃないですか？」

「何を言っとる？　空間電位測定器で、空間電位を測定することの何がおかしいのだ？」

「いや。これはそもそも空間電位を測定するものではありません。もちろん、空間電位の測定に使用することはできますが、それは流用であって、本来の使い方ではないのです」

「まさか……」骨折博士は言葉を失った。

「ほら。あなただって、無意識のうちに原理原則を捨てて、実利を優先しているじゃないですか」

「じゃあ、これはいったい何だというのかね？」

「これは脳内電位測定器です」

「どうして、そんなことが言える？」

「測定レンジが人間の脳内電位の範囲にぴったりです」

「偶然とは考えられないか？」

「プローブの形状を見てください」

「これが何か？」

「人間の頭をすっぽりと覆う形になってるでしょ？」

「これはたまたまアンテナの最適形状がこうなったからではないのか？」

「もし周辺の電位を万遍《まんべん》なく測ろうとするなら、球形か放射状にするはずですし、指向性を持たせるならパラボラ型にしたと思います。これは人間の脳用です。間違いありません」

「しかし、ティリンガストはどうしてそんなものを？」

「推測ですが、彼は人間の脳に興味を持っていたのではないですか？」

「……ああ。人間の脳に関する恥ずべき実験を行っていたということだ。そして、その実験中、彼は死亡してしまった」

「自らをも人体実験の対象にしたのですか？」

「それはわからない」

「この装置、いただいてもいいですか？」

「絶対に駄目だ」

竹男は十分ほどですべての装置の積み込みを終えた。

三人はボートに乗り込んだ。

みどりが運転を始める。

ボートはねっとりとした灰色の波を両脇に立て、湾の中央へと向かった。

「妙だわ」みどりが言った。

「何か、おかしいか？」骨折博士が尋ねた。

「まず海水の粘度が高過ぎます」

「この湾の海水に含まれている特別な成分が影響しているのだろう」

「そして、さっきまで羊羹《ようかん》の表面のように平らだった海面が妙に荒立っているのです」

「文学的な表現を使うのは構わないが、変な喩《たと》えを使うんじゃない。平らな水面を比喩するなら『鏡のように』だろ」

「鏡のように澄んでいないからです。この湾の水は羊羹ほど濁っています」

確かに、みどりの言うようにこの湾の水の濁りは尋常ではなかった。そして、濁っている上に激しい腐臭も放っていた。その海面はふだんは平らにぴたりと静止していたが、なぜか今日に限って、ぬらぬらと奇妙な蛞蝓《なめくじ》のような波が湾内を覆い尽くしていた。

「測定器の数値はどうなっている!?」骨折博士は怒鳴るように竹男に尋ねた。

「どの測定器も意味のある数値を示していません。どれもが狂ったようにめちゃくちゃな数字を凄《すさ》まじい速度で変化させながら表示しています。唯一安定しているのはティリンガストの脳内電位測定器です」

「それだけでは、データとしては、不足だ。いったん港に戻ろう」

「港はどっちですか？」

骨折博士は竹男の暢気な口調に苛立って振り向き、ボートの背後を指差した。「今、来た方向……」

そこには何もなく、ただ荒れ狂う波ばかりが見えた。

「そんなばかな、出航してまだほんの数分のはずだ。湾の大きさからして、岸が見えないのはおかしい」

「霧が出ています」みどりが言った。「それで、すぐ先の景色が見えないのかもしれません」

「GPSで現在位置を確認できないか？」骨折博士が言った。

「それがめちゃくちゃな位置を示すばかりなんです」

「めちゃくちゃでもいい。どこを示している？」

「東京都心部です」

「何？」

「今、南極点です。……そして今は南太平洋のど真ん中です。南緯四十七度九分、西経百二十六度四十三分……」

「おそらくPCがバグったのだ。それは意味のない数字だ。記録するまでもない」骨折博士に焦《あせ》りの色が見えだした。「君たち、携帯電話は持っているか？　使えそうか？」

竹男とみどりは携帯電話を取り出したが、表示を見て首を振った。

「見事に圏外ですよ」竹男が言った。

「いったい何が起こってるんだ？」骨折博士は頭を抱えた。

「そんなに絶望的な状況ではないんじゃないですか？」竹男は暢気《のんき》な調子のままで言った。「どうせここは湾内ですから、よっぽどなことがない限り、遭難なんかしませんよ」

「そんな常識など通用しない時代に入っていることに、君は気付いておらんのか？」

「常識が通用しないってどういうことですか？」

「我々はCの復活が差し迫った時代に生きているのだ。そして、一部の跳ね返り者たちは、すでにCに対して戦闘態勢に入っている。Cが我々の一人一人を区別して扱ってくれるというのは楽観的に過ぎる。つまり、Cは我々全員と敵対的であると見做しているかもしれないんだ」

「でも、僕たちは何もしてませんよ」

「何も？……君はさっき、Cの真の名を呼んだのではないか？」

「真の名？　ああ。くとひゅーるひゅーのことですか……」

骨折はいきなり竹男の胸倉《むなぐら》を掴《つか》んだ。「その名を呼ぶな!!」

「ちょ……、待ってくださいよ、博士」

「高波が来ます！」みどりが叫んだ。

「自分のボーイフレンドを助けるために適当なことを言うんじゃない。今日は台風など近付いてきていない」骨折博士がうんざりとした口調で言った。

「いや。本当に来ます。高さ二十メートル近くあります」

次の瞬間、全員が凄まじい衝撃を受けた。

三人とも海に投げ出されそうになったが、互いの手やボートの端の手摺《てすり》に掴まり、なんとか耐えた。

「何だ、今のは？」骨折博士は呆然と尋ねた。

「だから、高波です」みどりが答えた。

「風など吹いておらん」

「そんなこと知りませんよ。どっか遠くの台風から来てるんでしょ」

「いや。今、発生している台風は……」

「また、次のが来ます！」

ボート全体が水に包まれ、三人とも水浸《みずびた》しになった。

「いったい何が起きてるんだ？」骨折博士が言った。

「あれを見てください」竹男が海上を指差した。

それは稲妻のようにも見えたが、稲妻のように一瞬の煌《きら》めきではなかった。雲の中から延々と放電のようなものが海へと連なっていた。しかもそれが何十、何百と存在し、凄まじい爆音を轟《とどろ》かせていた。

「あれは何だ!?」骨折博士が驚愕《きょうがく》の声を上げた。

「自然現象とは思えないわ」みどりが言った。「でも、人間の仕業《しわざ》とも思えない」

「わかった!!」竹男が声を上げた。

「あれの正体は何なんだ？」菅折博士が尋ねる。

「正体？　そんなこと知りませんよ」

「今、君は『わかった』と言わなかったか？」

「わかったのは、測定器の不調の原因です。あの放電現象が大量の電磁波をばら撒《ま》いてるんです。それで、機器の半導体回路が異常動作をしている訳です」

「ティリンガストの装置が影響を受けない理由は？」

「単純だからですよ。電磁波の影響を受ける部分がない。シンプルイズベストです」

「電位を測定する装置が電磁波の嵐の中で正常に作動するのか？」

「現に作動しています。証明終わり」

「いや。わたしは原理についての話をしているのだ」

「ちゃんと作動するなら、原理なんてどうでもいいですよ」

「君は科学者の風上にも……」

「また来ます！」みどりが叫んだ。

二人は議論をやめ、ボートの手摺にしがみ付いた。

それからは次々と息吐《つ》く間もなく、高波が打ち寄せ、ボートは木《こ》の葉のように翻弄《ほんろう》された。三人はどちらが上でどちらが下なのかもわからないぐらい、激しく振り回された。ボート自体も水上にあるのか水中にあるのかは判然としなかったが、とりあえず呼吸ができているところを見ると、水中に浸かりっ放しではないのだろうということぐらいは推定できた。

正確な時間はわからないが、そんな状態が十分ほども続いた頃、突然ボートが何か硬いものにぶつかったような衝撃を受けた。それと同時に激しい揺れも収まった。

「どうやら、岸壁《がんぺき》にぶつかって止まったようだな」骨折博士は溜め息を吐きながら、顔を上げた。そして、一言も発しなくなった。

竹男とみどりはしばらく顔をボートのへりに隠していたが、骨折博士の様子がおかしいのに気付いて、続いて顔を上げた。

目の前には見たこともないような光景が広がっていた。

「何か奇妙なことが起きている」骨折博士は呟いた。

目の前に巨大な石造建築物があった。その大きさは、百メートル以上はありそうだった。その形状は今まで彼らが見たどんな建造物にも似ていなかった。

「君たちは、こんな建造物がこの近くにあることを知っていたか?」

竹男とみどりは首を振った。

周囲を覆っていた霧が晴れ上がっていった。

建造物は一つではなかった。十、百、いや。見渡す限り、延々と続いていたのだ。

こんなはずはない。この建造物群は何キロも続いている。そんな場所はこの湾にはないはずだ。

骨折博士は振り返った。

そこには対岸などなかった。
陰鬱《いんうつ》な黄色い空の下、遥《はる》か彼方《かなた》まで黒い海原《うなばら》が広がっているばかりだった。

3

「ボートが見当たらんだと？」ビンツー教授は不機嫌さを隠そうともせずに言った。「この狭い湾の中で行《ゆ》方《え》不明のはずがないだろう」

「考えられる可能性は二つです」頭脳の明晰そうな中年手前の白人女性のメアリーが言った。「一つは彼らが勝手にこの湾から出ていったというものです」

「絶対にないとは言い切れんが、その場合でも高台からの監視で見付かりそうなものだ」

「湾外にいくつか岩がありますので、その中の一つの死角に隠れているのかもしれません」

「その説が成り立つためには、彼らが意図的に我々の目から逃れようとしているという仮定を立てなければならない」

「別に立ててもいいんじゃないですか？」

「もう一つの可能性は？」

「湾内のどこかに沈んでいるというものです」

「湾内に暗礁《あんしょう》などはない。それにこんなに海は静かだ」

「静かな海でも突然高波が発生することはあるんじゃないでしょうか？」

「それはあるだろうが、なんの痕跡《こんせき》もなく沈没するというのは不自然だ。それに、もう一つ可能性が考えられるだろう」

「どんな可能性ですか？」

「湾外に出て、それから沈没した可能性だ」

「その可能性は第一の可能性に入っています」

「ああ。そうだろうね」

「捜索隊を出しますか？」

「今、何と言った？」

「捜索隊です。彼らを放っておけません」

「骨折はわたしの敵だ」

「はっ？」

「わざわざ探すほどのことだろうか？」

「骨折博士だけではありません。若手の研究者である二人も一緒に行方不明です」

「彼らが骨折と集団自殺したと言いたいのか？　それとも、骨折が無理心中したとか」

「そうとは言ってませんが」

「言ったも同然だ。だが、いずれにしても、我々が捜索隊を出すのは筋違いだ。我々は外国の調査団なのだ。この国で起こった行方不明はこの国の警察に任せるのが妥当だろう」

「港の住民は警察の介入を嫌がっています」

「それはこの国の問題だ。我々はこの国の住民に警察への連絡を委《ゆだ》ねればいい。当然、我々は彼らが警察に連絡すると想定している。彼らが警察に連絡しなかったとしても、それは我々の想定外だ。違うかね？」

「この時点ですでに想定されていますが」

「何を言っているのか、全くわからないな」ビンツー教授はにやりと笑った。

「とにかく捜索は始めます」メアリーはビンツー教授を睨むと、その場から去った。

若いやつは杓子定規《しゃくしじょうぎ》でいかん。

ビンツー教授は自らの助手のラカンカを呼び出した。

「お呼びでしょうか？」ラカンカはすぐに駆け付けてきた。若いが動きが大雑把《おおざっぱ》で少々無神経な男だが、遅れるとビンツー教授の機嫌が悪くなることは知っているのだ。

「村人への聞き取り調査は進んでいるのか？」

「はい。当初は住民の頑なな態度に難航いたしましたが、最近漸く調査の糸口が掴めつつあります」

「頑なな態度？」

「とにかく外部の人間との接触を嫌がるのです。話し掛けても全く無視するし、仕方なく肩を掴もうものなら、噛み付くわ引っ掻くわの大騒ぎです。それにやつらに触れた手が生臭くなるのにも閉口しました」

「まさか英語で話し掛けていたのではあるまいな」

「えっ？　この国では義務教育で英語を教えているのでは？」

「この国の住民の語学下手《べた》は有名だ。通訳を付けるべきだったな」

「でも、まあ、或差路の名前を出せば、なんとかなることがわかったので、それからの調査は楽になりました」

「言葉が通じるようになったのか？」

「簡単な単語を並べて、身振り手振りと併用すればたいていのことは通じます」

ビンツー教授は何か言おうとして、口を開き掛けたが、途中で諦めて口を閉じた。

こいつとまともにやりとりしようとしたわたしが馬鹿だった。

「それで、何か新しいことはわかったか？」

「近隣に別の集落があるそうですが、そこの住民とは相当に仲が悪いそうです」

「何という集落だ？」

「地林瓦斯戸《ちりんがすと》というらしいです」

ビンツー教授はなぜかその名前に聞き覚えがあった。

「仲が悪い原因は何だ？」

「この港の住民によると、一方的に地林瓦斯戸のやつらが悪いそうです」

「一方だけに話を聞くと、そういうことになるだろうな」

「やつらは元々余所者《よそもの》なのに、港の住民を毛嫌いして、鼻もちならないそうです」

「余所者？　集落全体がか？」

「ええ。なんでも、十九世紀に外国からやってきた一族があそこに屋敷を作ったのが始まりだそうで、まあ、今ではすっかり日本人らしい風貌《ふうぼう》になってしまっているので、それが本当かどうか確かめるのは難しいと思いますが。港の噂は、本国で恥知らずな行いをしたため、この地に逃げてきたとか。まあ、あくまで噂ですけどね。噂と言えば、今でも彼らの中には、恥知らずな実験を続けている者がいるとのことです」

「噂話を本気にするのも大人げない。その話は一先《ひとま》ず置いておこう。他に何か特筆すべきことはないか？」

「別の集落ではないですが、港から少し離れた場所に住んでいる一家がいるそうです。右影鶏《うえいとり》とかいう」

「そいつらも恥知らずな噂があるのか？」

「何代も近親結婚が続いているそうで、独特の風貌だそうです。まあ、そんなことを言えば、この港の全員が独特な風貌なんですが。で、そこの一人娘が最近、子供を産んだそうです」

「それが特筆すべきことなのか？」

「父親が誰かわからないということです」

「そんなことは世の中に山ほどあるだろう」

「父親に関してはよくない噂があるのですが、問題は父親より、その子供のことなんです。生まれて数カ月後には、もう立って歩いてたそうです」

「掴まり立ちか何かをしたのを大げさに言っているだけなんじゃないか？」

「それが見掛けはもう四、五歳になってたそうで」

「年上の兄弟と取り違えてるんだろ？　さもなければ、親戚の子供だ」

「そうではないようだということです。生まれてからずっと観察していて、急激に成長していったのがわかったそうです」

「観察？　誰が観察してたんだ？」

「港の住民です。こそこそと右影鶏の屋敷の近くに行っては、覗《のぞ》き見してたそうで」

「その行為の方がどうかと思うぞ」

「とにかく生まれた時は普通の赤ん坊ぐらいの大きさだったそうです。母親がときどき外に抱いて出てたそうで、お包《くる》みの中なので、風貌まではわからなかったそうですが、それがだんだんと大きくなってきて、二、三か月後には一、二歳に見えたということです」

「極めて疑わしい話だ。そもそもそんな話を身振り手振りだけでどうやって伝えたんだ」

「まあ、だいたいのところは想像が付くんですよ」

「つまり、おまえの想像じゃないか！」

「わたしの想像ではありませんよ。では、実際にその子供を見にいきますか？」

「今からかね？」

「はい」

ビンツー教授は時計を見た。すでに午後三時を回っている。

メアリーにはあんなことを言ったが、さすがに日暮れまでには、骨折博士たちのボートの行方を突き止めないとまずいような気もする。調査段階で事故を出したりしては、計画全体の見直しも考えられる。

しかし、わたしが参加しても、特に捜索が捗《はかど》るとは思えない。ここはラカンカに付き合って、その子供の様子を見にいくことにした方が有意義だろう。

「わかった。見にいくことにしよう」

「では、参りましょう」

ラカンカに続いて、ビンツー教授は調査団本部の建物から出た。

ラカンカは近くの住宅の戸を乱暴に叩いた。

中から迷惑そうな顔をした因襲鱒顔の住民が現れた。あまりに人間離れしているので、年齢はよくわからないが、どうやら男性のようである。薄汚れたシャツとぼろぼろのズボンを履《は》いている。

「おまえ、案内、俺たち、右影鶏、家」ラカンカは言った。

こんな野蛮人みたいなコミュニケーション方法をとっているのかと、少し心配になったが、とりあえずラカンカに任せることにした。

これでうまくいってるなら、間違ってはいないのだろう。

住民は怪訝《けげん》そうな顔をした。「はあ？」

「おまえ、案内、俺たち、右影鶏、家」ラカンカは繰り返した。

住民はしばらくラカンカの顔を見詰めていたが、突然大きな音を立てながら戸を閉めた。

「おい!!」ラカンカはまた激しく戸を叩き出した。

住民はなかなか出てこないが、ラカンカは戸を叩き続けた。

さすがに、壊れてしまうんじゃないかと、ビンツー教授が心配になった頃、また戸が開いた。

住民の目は怒りに燃えていた。そして、日本語らしき言葉で何かを喚《わめ》き散らした。

「おい。大丈夫なのか？」ビンツー教授は心配になって、ラカンカに尋ねた。

「はい。ご覧の通り、交渉は進んでいます」

ビンツー教授はそれ以上、ラカンカには何も言わず、仮本部に電話を掛けた。「今、すぐ外にいるんだが、日本語の通訳を一人寄越《よこ》してくれ」

ほどなくして、気難しそうな初老の男性が現れた。

「レオルノ博士、君は日本語が話せるのか？」

「若いとき、留学していたことがあってね。……何かトラブルでも？」

「この住民に近くの屋敷まで案内してくれと頼みたいのだが、何か誤解しているようなのだ。君から誤解を解いてくれないか？」

レオルノ博士は怒っている住民に話し掛けた。

住民はレオルノ博士の言葉を聞くと、ますます激しくがなり立てた。

「誤解はないようだ」レオルノ博士は言った。「彼はこちらの要求を正しく理解している」

「だったら、何を怒ってるんだ？」

レオルノ博士と住民は二言三言、言葉を交わした。

「何というか、穢《けが》れた場所には近付きたくないそうだ」

「穢れた場所というのは、右影鶏家のことか？」

レオルノ博士は住民に尋ねた。

住民は顔を顰《しか》め、その場に唾《つば》を吐いた。

「今のは何かのまじないか？」

「いや。我々に唾を掛けようとして、失敗したようだ。まじないではなく、敵対行動だと思う」

「報酬《ほうしゅう》を出すと言え」ビンツー教授は金額を提示した。

住民は難色を示したが、金額を倍に吊り上げると、首を縦に振った。おそらく彼のひと月分の収入に相当する額だ。

住民を先頭に四人は歩き出した。港の外側には陰鬱な湿地帯が広がっているが、それを越えるとすぐに切り立った山岳地帯に入る。日本には珍しく、殆ど植物が存在しない岩と砂でできた山間の谷筋を登っていくと、やがて奇妙な建物が見えてきた。

付近に樹木がないため、遠近法の手掛かりがなく、最初は小さな山小屋に見えた。しかし、近付くにつれ、それは相当巨大な建築物だということがわかった。

「あれは何だ？　寺院か何かか？」ビンツー教授が尋ねた。

「日本の寺院はあんな丸太小屋のような形態ではない、あれは結構新しい建物のようだ。ちょっと待ってくれ。住民に訊いてみる」レオルノ博士は住民と言葉を交わした。「あれは右影鶏家の納屋《なや》だそうだ」

「納屋だと？　そんな馬鹿な。納屋にしてはでか過ぎる。五階建てのマンションぐらいはあるぞ」

「右影鶏家の主人が生きていた頃に作ったそうだ。住居はあの納屋の向こう側に隠れて見えないらしい」

「右影鶏家の主人は死んだのか？」

「亡くなったのは三年前だ。例の子供が生まれて三、四年経った頃だという」

「じゃあ、今、その家は子供を産んだ娘のものなのか？」

「いや。娘は先月亡くなったらしい。夜中に方々を徘徊《はいかい》する癖《くせ》があって、ある晩、海岸近くで死体になって見付かったそうだ。身体の右半分が潰《つぶ》れてぺしゃんこになって……」

「ちょっと待ってくれ。父娘《おやこ》とも死んだのなら、今その家は無人なのか？」

「無人ではなく、先代の孫が住んでいるということだ。つまり、今の当主はその孫――右影鶏入歯《いるば》だということになる」

「おかしいじゃないか。今の話だと、その子は六、七歳のはずだ。そんな子供が一人で住んでいるというのか？　それとも、親代わりの誰かがいるのか？」

「入歯はすでに成人しているそうだ。……いや、正確に言うと、成人しているように見えるということだ」

「言っていることの意味がわからない。君はちゃんと日本語を理解しているのか？」

「そのつもりだが、自信がなくなってきたよ」

「入歯に直接会うことはできるかと聞いてくれ」

「会いたければ勝手に会え。自分たちは近付きたくない、とのことだ」

ビンツー教授は懐から札束を取り出した。

「金をやるから、もう帰れ、と言え」

レオルノ博士から話を聞くと、住民はビンツー教授から引《ひ》っ手繰《たく》るように金を受け取ると、そのまま小走りに村への道を下りりていった。

「何だ。失礼なやつだな」ビンツー教授は苦々しげに言った。「これだけの仕事であれだけの金をくれてやるのは、まるで追剥《おいはぎ》に遭《あ》った様なものだ」

「しかし、あの男は本当に怯《おび》えていたぞ。彼の様子を見る限り、今の話も作り話とはとても思えない」

「もし、そうだとしたら、この港周辺を包む特殊な場が子供の成長を促進したのかもしれない。もしくは、この禿山《はげやま》に何か秘密があるのかもしれん。とにかく、その納屋とやらを調べに行こう」

三人は再び山道を登り始めた。

少し進むと、住民がここに近付きたくない理由の一端がわかり始めた。凄まじい臭気が周囲に充満していたのだ。それは獣の臭いにも似ていたが、それよりも遥かに凄まじいものだった。まるで、鍋の中で糞《ふん》尿《にょう》と共に茹《ゆ》でられているかのような気分になった。

「糞っ。こんなことならガスマスクを持ってくるべきだった」ビンツー教授はハンカチで鼻を押さえた。

「この臭いは動物由来のように思えるが、ひょっとすると火山性のガスか何かかもしれない。いったん出直そうか」レオルノ博士はこれ以上の調査に消極的な様子だった。

「いや。ここで戻ったら、日が暮れてしまう。暗くなってからは到底この山道を歩く気にはなれない」

「ラカンカ、空気のサンプルを採取しろ」

ラカンカは持ってきていた鞄から大きな注射器のようなものを取り出し、空気を採取した。

「あと、磁気と空間放射線量を……」

どんという音が響き渡った。

「地響きか？　いや、それにしては短過ぎる」ビンツー教授は首を傾げた。

「この納屋の中から聞こえてきたような気がする」レオルノ博士は納屋を見上げた。

納屋には窓のようなものはいっさい付いていなかった。壁の一つに巨大なドアが取り付けてあったが、高さは十メートル以上もあり、到底人間のためのもののようには思えなかった。

「このドアは何のためのものだろう？」レオルノ博士は不思議そうに言った。

「ドアの大きさからみて、この建物は階層構造になっていない可能性があるな」ビンツー教授は言った。

「だとすると、ここは工場のようなものなのかもしれない。このドアは巨大な製造装置を搬入するためのものである可能性がある。もしくは製品を出すためのものかもしれない」

「こんな巨大な搬出口がいるなんて、どんな部品だ？」

「それはわからない。大きな重機のようなものかもしれない」

「人間用の出入り口がないのも不思議だ」

「このドアが兼ねているんじゃないか？」

「人一人が出入りするために、この巨大なドアを開け閉めするのか？」レオルノ博士は呆れたように言った。「だとしたら、この納屋の設計者は頭がおかしい」

「意外と簡単に開くのかもしれないぞ。ラカンカ開けてみろ」

「おい。他人の家だぞ」レオルノ博士は慌てて言った。

「調査の許可は市から得ている」ビンツー教授は平然と言った。

「しかし、私有地の建物に勝手に入るのはいくら何でも……」

「空き家だと思ってました、と言えばいい」

「おいおい、その言い訳はさすがに……」

ラカンカがドアに手を触れた瞬間、この世のものとはとても思えない大音響が聞こえた。それは、豚や牛やその他の家畜、ライオンや狼や河馬《かば》といった野生動物を一斉に戦わせたような不協和音の大合唱のようだった。もしそれが通常の大きさの声だったとしても、あまりの不快感で吐いてしまいそうなものだったが、それがさらに鼓膜《こまく》を突き破らんばかりの大きな音だったのだ。空気と大地がびりびりと震え、遠くの山々にまで木霊《こだま》した。

「今のは何だ？　ラカンカ、記録したか!?」ビンツー教授が叫んだ。

「何をですか？」ラカンカは呆然とした表情で言った。

「今の音だ」

「あっ」ラカンカは慌てて鞄《かばん》の中を探り録音装置を取り出した。

「もう遅い。……だが、次に音が聞こえた時のためにスタンバイしておけ」

「今の音は尋常《じんじょう》なものではない」顔面蒼白のレオルノ博士は言った。「とにかくいったん出直そう」

「出直したら夜になってしまうではないか」

「だったら、明日また来ればいい」

「明日？　我々にとって、時間がどれだけ貴重なものかわかっているのか？　こうしている間にもCが復活するかもしれないんだぞ。この土地に研究所が建設できるかどうかに人類の存続が掛かっているんだ」

「しかし、ここの調査がそんなに大事だとは限らない」

「今の音を聞いただろ？　ここには何か特別な現象が起きている。そうだ、ラカンカがこのドアに触れた瞬間、あの音が聞こえたんだった。だったら、もう一度触れれば……」ビンツー教授はドアに自らの掌《て》を当てようとした。

「勝手に何をしている!!」

ビンツー教授は突然走り寄ってきた巨大な物体に弾き飛ばされ、そのまま数メートルも宙《ちゅう》を舞った。彼はしばらく痛みで動けなかったが、顔を上げるとそこには、はあはあと肩で息をしている身長百九十センチはあろうかという長身の人物がいた。

その人物は険しい顔でビンツー教授を睨んでいた。その顔は東洋人離れした風貌ではあったが、港の住民とはまた違っていた。顎《あご》が小さく目だけがぎらぎらと光っている。襤褸《ぼろ》布を縫い合わせたようなものを全身にすっぽり着込んでいる。

「ここは俺の土地だ。出ていって貰おう」その人物の声にはざわざわと不快な雑音が含まれているようで、聞くだけで頭が痛くなった。

「おまえは何者だ？」ビンツー教授が尋ねた。

長身の男はしばらく無言でビンツー教授を見ていたが、やがてぽつりと言った。「ここは俺の許しがない者が近付いてはいけない場所だ。俺は右影鶏入歯だ」

4

「どうやら、我々はどこかの島に流れ着いたようだ」骨折博士は意図的にゆっくりと呼吸した。パニックに陥《おちい》ってはならない。落ち着けば助かる道は見えてくるはずだ。

「しかし、湾の中にこんな島はなかったはずです」みどりが言った。

「気付かない間に湾口から外海に出てしまったのかもしれないな」

「ボートが高波に出合ってから、せいぜい十数分です。その間に到達できるなら、距離的に港から十キロ程度以内のはずです。そして、その距離にはこんな島は存在しません」

「大潮のときだけ現れる幻の島とか？」

「仮に島の地面が沈んだとしても、ここの建築は百メートル程もあるので、すべてが海中に沈んでしまうはずがありません」

「実に論理的だ」骨折博士は言った。「ただし、ここで現実に起きていることは君ほど論理的ではないようだが」

「どうします？」竹男が尋ねた。「ボートは岸に乗り上げているようですが、押し出せばまた海に出られるかもしれません」

「まず現状の確認が重要だ。海に出てまたトラブルに遭ったら、今度こそ助からないかもしれない。それより、まずこの島のことを詳しく調べるべきだろう」

三人はボートからそろりと海岸に降りた。

そこは濡《ぬ》れた岩場になっていた。島全体が岩で構成されていたが、あちこちに海藻らしきものが落ちており、ついさっきまで海面下にあったようだ。だとすると、骨折博士の推測はあながち間違ってなかったことになる。

骨折博士は背後を見た。「君たちの目で、ここ以外の陸地は見えるか？」

「いいえ」二人は同時に返事をした。

「わたしには水平線らしきものが見えるが、君たちはどうか？」

「見えます」

「ということは、ここはやはり湾内ではないということになる。ＧＰＳで現在地はわかるか？」

「それがまだ測定機器の調子が悪いようで、意味のある数値が表示されません」竹男が答えた。

「調査団本部と連絡はとれるか？」

「とれません」みどりが答えた。「通信機は壊れていないようなので、原因は不明です。因《ちな》みに、携帯電話は圏外《けんがい》になっています」

「ふむ。我々は全く神秘的な状況にある訳だ」

「現時点で我々が理解できないというだけで、科学的な現象が起こったのは間違いないと思いますよ」竹男が言った。

「もちろん、わたしもそういうつもりで言ったのだ。世の中のすべての現象は科学で説明が付くはずだからね。さて、我々はどうするのが正しいだろうか？　この場で救助を待つか、それとも島内の調査を始めるか」

「わたしは調査をすべきだと思います」みどりが言った。「通信機も携帯も持っていくことができるので、通信が回復したら調査中でもすぐに連絡できますし」

「救助隊がこの海岸に来るかもしれないぞ」

「このボートを発見して誰も中にいないことに気付いたら、島内の調査に向かったことは一目瞭然《いちもくりょうぜん》だと思います」

「なるほど。言うことがいちいち筋が通っている。しかし、三人全員で行くのが妥当かどうかという疑問もある。三人一緒に行って、トラブルに巻き込まれたら、全滅の危険がある」

「メンバーが十人いれば、五人ずつ配分できるんですけどね」竹男が言った。「三人を二つに分けるとどうしても一人のグループができます。それはちょっとまずいんじゃないですか？　一人と二人では、なにか問題が起こったときに対処できる能力は雲泥《うんでい》の差ですから」

「なるほど。確かに、行くにしても残るにしても一人では危険かもしれないな。よし、調査は三人で行おう。ただし、誰か一人が危険だと感じたら深入りはしない。そういう約束でいいかな？」

竹男とみどりは頷《うなず》いた。

三人はおそるおそる建造物群の方に向かって歩き出した。

地面はでこぼこした岩のようでもあったが、崩壊したコンクリートのようにも見えた。骨折博士の見解によると、人工のコンクリートだと判断するのは早計で、火山灰《かざんばい》が固まってできた天然の地形である可能性が高いとのことだった。

標高はほんの僅《わず》かずつ高くなっていったが、海藻はずっとあちこちの岩に貼り付いていた。

竹男は背後を振り向いた。「ざっと五メートルは登ってきていますよ」

「だとすると、単に潮汐《ちょうせき》で沈んでいた岩礁《がんしょう》だとは考えにくいな。なんらかの地殻変動があって、水上に現れたのかもしれない」

近付くにつれ、建造物の表面にも海藻が貼り付いていること、そして海藻の隙間《すきま》をよく見ると、細かい模様のようなものがあることがわかった。

「あれは自然にできた模様でしょうか？　それとも、人工物でしょうか？」竹男が尋ねた。

「もう少し近付いてみないとどちらとも決めがたいな」骨折博士は言った。「もし人工だとしたら、相当の労力だぞ」

模様は非常に複雑なレリーフ状の形をしていた。幾何学的にも見えたが、微妙に角度がずれているため、じっと見ていると何か不安感を覚えた。さらに見続けていると吐き気まで感じる程だった。

「これは自然のものだな。人間がこんな不愉快な図形を掘り続けることなんてできないだろう」

「いや、これを見てください」みどりが壁の一部を指差した。「あそこに具象的な絵が描かれています」

奇妙な形に捻《ね》じくれた人間たちが神の周りに集《つど》い、何かを祈っているような絵だった。そして、その神は頭足類の姿をしており、巨大な翼を生やしていた。

「あれはCth……」そう言い掛けて、竹男は骨折博士の視線を感じて言い直した。「Cのようにも見えますね」

「早急な判断は危険だ。だが、注目すべき事象ではある。カメラは持ってきてないか？」

「カメラ専用機は水を被《かぶ》って使い物になりません。携帯電話は、一応作動はするのですが、なぜかノイズだらけで、カメラ機能が使えません」

「どうも、何もかもが都合よく行き過ぎてないか？」骨折博士が疑問を口にした。

「都合がいい？　全く逆でしょう。せっかくのチャンスを活かせられないんですから、運が悪いんですよ」

「それは我々の側からの主観に過ぎない。相手側の立場で考えたらどうかね？」

「相手って、誰ですか？」みどりが尋ねた。

「我々をここに招待した存在だ」

「これが招待？」竹男が驚いて言った。「随分、おざなりな招待ですね」

「『招待』というのは言葉の綾だ。何者かがわれわれをなんらかの目的でここに誘導した。そうは思わないか？」

「根拠はあるんですか？」みどりが尋ねた。

「根拠は……ない。わたしの直感だ」

「招待者は誰で、目的は何だと思われてるんですか？」

「招待者はおそらく……Cだ」

竹男とみどりは絶句して、骨折博士を見た。

「Cは我々の動きを察知したのだ。だから、我々に警告を発したのだ」

「警告にしてはわかりにくくないですか？」竹男が尋ねた。

「我々の科学では全く理解不能の現象を起こしたんだ。これほどわかりやすい警告はないだろう。つまり、こういうメッセージだ、『わたしの能力は人類文明を遥かに凌駕《りょうが》している。わたしに戦いを挑んでも無駄だ』」

「……それって、矛盾《むじゅん》してませんか？」みどりが言った。

「そうですよ」竹男も言った。「伝承によると、Cはまだ眠っている状態のはずでしょ？　起きて活動しているのなら、世界中にいろいろと異変が起きているはずだ」

「Cは神――まあ、この単語を使うことには躊躇があるが――なのだ。神の眠りと人間の眠りを同一視してはいけない。神は眠った状態でも、起きている人間より遥かに活動的で有能である可能性があると思わないか？」

「それだと『眠り』とは言えないんじゃないですか？」

「そう。『眠り』とは言えないかもしれない。だが、我々人類の言語にそれに相当する言葉がないのだから、『眠り』と呼ぶしかないだろうね」

「いえ。わたしが矛盾と言ったのは、そのことではないんです」みどりが言った。

「どういうことだね？」

「骨折先生の見解によるなら、Cは人類文明を遥かに凌駕してるんですよね？」

「それに同意しないC研究家はいないだろう」

「だとしたら、Cは人類を恐れる必要はないはずです。違いますか？」

「違いはしない。Cは人類を恐れないだろう」

「だとしたら、なぜ警告など発するのですか？」

「無駄な戦いを避けるためだろう」

「もしCが戦いを避けようとしているのなら、Cもまた戦いで傷付く可能性を恐れているということになりませんか？」

竹男の顔が明るくなった。

そうだ。だとしたら、人類にも勝ち目があることになる。

「残念だが、そうとは限らないだろう。もし人類とCの戦いになれば、人類は滅亡する。Cはそれを伝えようとしているのではないだろうか」骨折博士は言った。

「だとすると、さらに希望が見えてきます」みどりは続けた。「それってつまり、Cは自分から人類を滅ぼそうとはしていないということですよね？」

「いや、まあ、Cにそこまでの考えがあるかどうかは……」

「もし、Cが人類を遥かに凌駕していて、かつ無慈悲な存在であるなら、わざわざ警告などしてこないはずです。人類の好きにさせて、邪魔なら滅ぼせば済む話です。でも、もしこれが警告であるのなら、Cは人類を気に掛けていることになります。人類はCの慈悲を期待できるのではないでしょうか？」

「そうだよ。もし君の推測が正しいのなら、Cは邪悪な存在ではないということになる！」竹男は喜びの声を上げた。

「ちょっと待ってくれ」骨折博士は自分の額《ひたい》を押さえた。「ちょっと混乱してきた」

「でも、彼女の言ったことは論理的に間違っていないと思いますよ」

「しかし、もしCが邪悪な存在でないとしたら、我々はいったい何を恐れているんだ？」

「きっと幻でしょうね」

骨折博士は腕組みをして、しばらく考え込んだ。「やはり前言を撤回することにする」

「Cとの戦いで人類は滅亡すると言ったことですか？」

「そうではない。撤回《てっかい》するのは、Cが我々に警告を発したと言ったことだ」

「では、これは警告ではないと？」

「そもそも、Cに警告などという概念が通用するのかどうかすら不明だ」

「では、わたしたちはどうしてここにいるんですか？」みどりが尋ねた。

「これは目覚める前のCの身震いのようなものかもしれない。我々はたまたまそれに巻き込まれただけなのだろう。つまり、台風や地震に遭遇したようなものだ。普通は、自然災害に巻き込まれた理由など考えない。たまたまそこにいたからに過ぎないことは、目明だからだ」

「先生は単にＣに希望を見出すことが許容できないだけではないですか？」

「何を言ってるのだ、君は？」

「わたしは先生が『これはＣの警告だ』とおっしゃったことを前提に推論しただけです。その結論が気に入らないので、最初の前提を放棄されたのでしょう」

「君はわたしが結論ありきで、物を言っていると言うのか？」

「実際にそうではないのですか？」

「ちょっと待った！」竹男が二人に割って入った。

「少し黙っていたまえ。今この女性と議論しているのだ。止める必要は……」

「議論を止めようとしているんじゃありません。この数値を見てください」竹男はポケットから取り出した装置のメーター部分を二人に見せた。

「これは空間電位計測器……いや。脳内電位計測器ではないか。なぜこんなものを持ってきたんだ？」

「これ以外にまともに動作する装置がないからです」

「それで何を測定するつもりだったんだ？」

「もちろん脳内電位ですよ」

「そんなもの測定しても仕方がないだろう。我々の脳はこの島のものではない」

「いえ。とても重要です。測定器が機能しない現状において、この島を観測する方法は我々の五感しかありません。つまり、我々の脳が唯一の測定装置である訳です。その装置の状態をモニターすることが重要でない訳はないでしょう」

「我々の正気度を確認しているということか？」

「もちろん、その要素もありますが、主要な目的は別にあります。つまり、この現象そのものの原因です」

「この現象の原因が我々の脳だとでも言うのか？」

「それを確認したいのです」竹男は、突然装置のプローブを骨折博士の頭に嵌《は》めこんだ。

「何をする？」

「より正確に測定するためには、接触させる必要があるのです。……やっぱり思った通りだ。脳の特定部位が活性化しています」そして、骨折博士からプローブを外すと今度はみどりの頭に嵌めた。「君も同じだ」次に自分の頭に嵌めた。「三人とも同じだ。素晴らしい」

「説明したまえ」

「我々の脳の活性化している部分は、わたしが血沼《ちぬ》領域と名付けた部位と非常に近い位置関係にあります」

「血沼？　何だ、それは？」

「ある科学者の名前です。彼は脳の特定の部位を破壊することで、人間の精神を時間の流れから解放できると考えました。そして、実際に自らの脳の一部を破壊して、この歴史の中から旅立ち、行方不明となりました」

「ただのマッドサイエンティストに聞こえるが？　まあ、いい。もしこの島から出られたら、その人物のことを調べてみよう」

「それは無駄ですよ。彼はこの歴史の中から旅立ったのですから、もうこの世界に彼の痕跡は残っていません」

「ああ。マッドサイエンティストはここにもいるようだな」

「おそらく、我々が海上で遭遇した電磁現状が、我々の脳に作用したのです。そして、我々の脳自体がこの時空ポイントに接続された訳です」

「つまり、君は我々がここにいるのは、自分たちの脳の働きのせいだと言っているのかね？」

「それが最も蓋然性の高い結論です」

「この島全体が幻だと？」

「幻とは違います。おそらくこの島には実態があります。ただし、我々とは違う時空領域ですが」

「そのどこか遠い時代・場所にある島を、ボートで漂流中の我々が千里眼のように体験しているということか？」

「いや。むしろ逆ですね。我々の肉体がこの島に投影されていると言えばいいでしょうか？」

「つまり、我々の方が幻だといいたいのか？」

「幻とは違いますね」

「しかし、君は我々の映像が投影されていると言ったではないか」

「映像は二次元のスクリーンに投影されます。我々は三次元空間に投影されているので、映像ではなく、物理的存在なのです。我々の肉体だけでなく、衣服や計測器やボートも同じ原理で投影されているのでしょう」

「その理屈で言うと、この島では我々は怪我もしないし、死にもしないということか？」

「いや。おそらく怪我もしますし、死ぬこともあり得るでしょう」

「映像なのに？」

「我々にはこの島の様子が見えているし、音も臭いも手触りも感じます。つまり、物理的刺激は我々に伝達されている訳ですから、強い力を受ければ当然ダメージを受けます」

「では、君の理論を傍証するものは何もないではないか」

「だから、この測定装置の示す数値が証拠ですよ」

「わたしには妄想としか思えない」

「では、このような巨大な遺跡が忽然と現れた理由を説明できるんですか？」

「それは……もう少し調査が必要だ」骨折博士は建造物へと近付いた。「レリーフの摩耗《まもう》状態を分析すれば、刻まれた年代がわかるかもしれない」彼はレリーフにこびり付いた海藻を手で剥《は》ぎ取った。

その瞬間、地底から轟音《ごうおん》が響き渡った。

「何だ、今のは？」骨折博士は驚いて遺跡から手を離した。

「先生が遺跡に手を触れた瞬間に、何かが発動したようですね」みどりが分析した。

「わたしのせいだというのか？」

「手を触れた瞬間でしたから」

「偶然だ」

「確かに、偶然の可能性もあります。しかし、我々がこの島に来てから三十分も経つのに、今の音が聞こえたのは先生が遺跡に触れた瞬間だけでした。偶然である可能性は有意ではありません」

轟音は断続的に続いていた。地下を移動しながらだんだんと近付いてくるように思えた。

「いったい何が起きているんだ？」骨折博士が言った。

「おそらく地下を何か巨大なものが移動してるんでしょうね」竹男は冷静に答えた。

「どのぐらいの大きさのものがどっちに向かって移動してるんだ？」

「計測機器が使えないので、正確なところはわかりません。ただ、直感によると、こっちに向かってきているように感じます」

「どうすればいい？」

「わかりません。情報不足です」

轟音がすぐ足下から聞こえたような気がした。

「何ものかがいるとしても地面の下だから、ただちに危険はないいな？」

「それはなんとも」

轟音は少し離れだ場所に移ったようだった。

「よかった。通り過ぎていったようだ」骨折博士は胸を撫《な》で下ろした。

「あの……気付いたことを言ってもいいですか？」みどりが言った。

「何だ？　言ってみたまえ」

「音はこの巨大遺跡の下に移動したように思うんですが」

雷鳴のような音が轟いた。

遺跡の壁がまるで巨大なドアのように少し開いた。

5

「今、なんと言った？」ビンツー教授はその長身の男に尋ねた。

「俺は右影鶏入歯だ。俺の家に近付くんじゃない！」

「おまえが入歯の訳がない」

「残念だが、俺は入歯だ。間違いない」

「ラカンカ！」

「はい、先生」ラカンカが答えた。

「お前はミスを犯したのか？」

「いいえ。そんなはずはありません」

「おまえの情報は間違っていた」

「えっ？　そうなのですか？」

「自分でも気付いているはずだ。右影鶏入歯の齢はいくつだ？」

「ええと、確か七歳です」

「この男が七歳に見えるか？」

ラカンカは入歯と名乗った男を見た。「わかりません。東洋人はだいたい年齢不詳なので」

「もういい。おまえの意見は聞きたくない。まずわたしを起こしてくれ」

ラカンカの手を掴んでビンツー教授は起き上がった。

「おまえは自分を右影鶏入歯だと名乗ったな」

「ああ。確かにそうだ」

「我々の調査によると、右影鶏入歯は七歳だということになっている。おまえは何者だ？」

「どう答えれば満足するんだ？」

「じゃあ、右影鶏入歯で間違いないと言うんだな？」

「ああ」

「そして、この……納屋の持ち主でもある」

「納屋だけじゃない。後ろにある家も俺のものだ」

「我々の調査によると右影鶏入歯は七歳だ」

「ああ。あんたらの調査能力はたいしたもんだと思うよ」入歯は表情一つ変えずに言った。冗談のつもりなのかもしれないが、にこりともしないので全く冗談には聞こえなかった。

「ところで、おまえはここに住んでいる少年の親戚《しんせき》か何かなのか？」

「言っていることの意味がわからない」入歯と名乗った男はやはり無表情なままだった。

「だとすると、おまえは七歳だということになるが、それについてはどう思うかね？」

「どう思うもこう思うも、それが真実なのだから、コメントしようもないね」

ビンツー教授はしばらく無言になった。

「ほら。やっぱりそうですよ。この人は七歳なんだ」ラカンカが我が物顔で言った。「わたしの調査力はたいしたものでしょう？」

「おまえは少し黙っていろ」ビンツー教授は入歯をじろじろと見た。

「七歳にしては発育が良過ぎるように見えるが？」

「発育に良過ぎるなんてものはないだろう。良ければ良いだけ良いに決まっている」

「はっきり言って、我々から見るとおまえは四十歳前後にしか見えないんだ」

「大人びているってよく言われるよ。きっと父親の家系に似たんだろう。つまらない質問を続けるぐらいなら、さっさと俺の敷地から出て行って貰えないか？」

「おまえの父親は何者なんだ？　おまえの風貌から察するに日本人ではないようだな」

「ビンツー教授、君の発言は不適切かもしれないぞ」レオルノ博士が窘《たしな》めた。

「構うものか。そんなのは些細《ささい》なことだ。……まもなく人類に訪れる脅威に較べたらな」

「俺の父親のことは二度と口にするな」入歯が言った。「俺は父親のことを話す気はない。さっさと出ていってくれないか」

「あくまで自分が右影鶏入歯だと言い張るつもりなのか？」

「それが真実だからな」

「いいだろう。おまえの言うことを信じるとしよう」ビンツー教授は言った。「だが、そうなると我々はおまえを放置しておく訳にはいかなくなる」

「どういうことだ？」

「良識ある大人として、七歳の児童を一人放置しておく訳にはいかないだろう」

「ほっておいてくれ。俺は一人で生きていける」

「七歳の子供が何を言おうと、大人が真に受ける訳にはいかないな」

「ふん。あんたらは俺の親でも親戚でもない。何の権利もないはずだ」

「ああ。別に権利を主張するつもりはないよ。ただ、警察に七歳児が一人で暮らしていると連絡するだけだ。そうすれば、しかるべき施設の職員が派遣されてくるだろう」

「誰が来ようと追い返してやるまでだ」

「そうなると、厄介なことになるぞ。まず先方はおまえのことを入歯だと認めないだろう。となると、おまえは不審人物だ。次は正式に警察が調べにやって来る」

「警察だろうが何だろうが、追い返してやる」

「向こうは強制力がある。この家の中も調べることになる」

「……」入歯は考え始めた。

ビンツー教授はその様子を見ながら、ただ、にやにやと笑っていた。

「いいだろう。あんたらの要求は何だ？」

「この納屋の中を見せてくれ」

「考えておこう。だが、今は駄目だ」

「われわれはすぐにでも警察に連絡できるんだぞ」

「焦るな。絶対に見せないと言っている訳ではない。ただ、それには条件がある」

「どんな条件だ？」

「あんたらは最近港にやってきた妙な外国人なんだろ？」

「われわれはＣＡＴのメンバーだ」

「猫のことか？」

「猫ではない。我々はとある脅威についての……」

「い、い、い、い、い、い、い、くとひゅーるひゅーのことか？」

「その名を口にするな！」

ビンツー教授だけではなく、レオルノ博士も気色《けしき》ばんだ。

「ほほお。随分、神経質なんだな」入歯は馬鹿にしたように言った。

「この付近は特別な場なのだ。不用意な発言は避けてくれ」レオルノ博士は額の汗を拭《ぬぐ》った。「あの存在のことを呼びたければ、単にＣと言ってくれ」

「あんたらはＣについての資料を持ってるだろ？」

「何の話だ？」

「嘘を吐いてもわかる。感じるんだよ。例の書物の気を」

「だから、何の話をしている？」

「『ネクロノミコン』だよ」

「ぐっ！」レオルノ博士は何か穢れたものを口に入れたような不快感いっぱいの表情をし、その場に唾を吐いた。「不浄《ふじょう》の書だ」

「『ネクロノミコン』を読ませてくれたら、納屋の中を見せてやってもいい」

「馬鹿な。そんな冒涜《ぼうとく》的なものを、この村に持ち込んでいる訳がないだろう！」

「右影鶏入歯、今言ったことは本当か？」ビンツー教授が言った。

「君は何を言ってるんだ？」レオルノ博士が驚愕の表情で言った。

「『ネクロノミコン』を読ませてやったら、納屋の調査をしてもいいのか？」

「現時点では約束できない。まずは読んでからだ。偽物《にせもの》を掴まされてはたまらないからな」

「馬鹿馬鹿しい」レオルノ博士が吐き捨てるように言った。「そんなものがここにある訳がない」

「わたしが持っている」ビンツー教授が言った。

「なぜ、そんなものを……」

「研究のためだ。あの書物はCに関する知識の宝庫だ」

「写本は世界に数冊しかなく、すべてが厳重に保管されているはずだ」

「未登録の写本があったんだ」

「どこで見付けた？」

「言う必要はない」

「なるほど」レオルノ博士は微笑んだ。「はったりだな」

「はったりなのか？」入歯はビンツーを睨み付けた。

「はったりなどではない」ビンツー教授は言い切った。

「まあいい。はったりかどうかは実物を見ればわかる」

「では、一時間後、調査本部まで来てくれ。場所は……」

「場所はだいたいわかる」

「言っておくが貸し出すことはできない。また、写真をとるのも禁止だ」

「メモは？」

「メモ程度なら構わないだろう。ただし、閲覧時間は三十分のみだ」

「三十分はあまりに短い。三時間は欲しい」

「三十分以上見ると言うのなら、この話はなしだ。今すぐ警察に連絡する」

「……わかった。とりあえず現物を見させてくれ。詳しい交渉はそれからだ」

「話は決まりだな」

それだけ言うと、ビンツー教授はさっさと踵を返し、港へと向かった。

ラカンカも慌てて後に続く。

「なぜ、あんな不気味な男と約束などした？　さっさと警察に連絡すればよかったのに、きっとあいつは入歯という少年をどうにかしてしまったんだ」レオルノ博士はビンツー教授を追いながら言った。

「いや。あの怪人の言っていることはおそらく本当のことだろう」

「何を言ってるんだ。あんな七歳児などいる訳がない」

「昔、米国でよく似た事例があったのだ。そのとき、儀式の詳細を記した書物がいくらか流出し、それが日本に伝わったのかもしれない」

「そんなことがある訳がないだろう」

「恥知らずな一族が、米国からこの港の近くにやってきたという話を聞いただろ？」

「あれは噂に過ぎない。とにかくあんな不気味なやつを野放しにしていると考えるだけで気が滅入る。すぐに警察に通報しよう」

「それは駄目だ」

「なぜ駄目なんだ？」

「そんなことをしたら、我々があの納屋を独占的に調査することができなくなってしまう」

「あの納屋に何があると言うんだ？」

「わたしの推測が正しければ、あそこには極めて貴重なサンプルがある。できれば、生体のまま手に入れたい」

「いったい君はあそこに何があると思っているのだ？」

「今はまだ言う段階ではない。……ところで、あの男が信用ならないという君の意見には、わたしも同意する。あいつは危険極まりない」

「どうして、そんなやつと取引するのだ？」

「虎穴《こけつ》に入らずんば虎児《こじ》を得ず。この国の諺だ。いや。隣の国だったか。とにかくリスクをとらなければリターンもないということだ」

「『ネクロノミコン』は本物なのか？」

「ああ。あいつがどうやって勘付いたのかはわからないが」

「本当に見せるつもりなのか？」

「見せなければ、調査の許可は得られないだろう」

「あいつが本当に大人しく閲覧《えつらん》だけで帰ると思ってるのか？」

「そうでない可能性が高い。だから、この一時間で準備しなければならない。怪物と戦うための準備を」

ビンツー教授は調査本部に戻ると、すぐに調査団のメンバーを招集した。

「メアリーがいないようだが？」ビンツーは不服げに言った。

「ちょうど今、犬の散歩に行っているそうです」ラカンカが答えた。

「犬だと？　誰が犬の持ち込みを許可したのだ？」

「もし、団長であるビンツー教授が許可していないのなら、誰も許可していないと思います」

「なぜ、彼女はわたしの許可なく犬を飼ったりしたのだ？」

「おそらく犬を飼うのに許可がいるとは思い至らなかったのではないかな?」レオルノ博士が言った。

「この調査団での行動はすべてわたしの指揮下で行われている。わたしの許可が必要でないと考える根拠がない」ビンツー教授は不快感を隠そうともせずに言った。

「日常生活にまで君の許可が必要なはずはないだろう。朝食を食べたり、入浴したりするのに、君の許可が必要なのか?」

「犬を飼うのは日常生活とは違う」

調査メンバーたちがざわめいた。

「今のざわめきの意味がわかるか?」レオルノが尋ねた。

「犬を飼うのは個人の自由だと言いたいのだろう。だが、考えてみてくれ。これは物見遊山《ものみゆさん》の旅行ではない。調査なのだ。自分の犬を連れてくるなんて、常識の範囲外だ」

「連れてきた訳じゃないですよ」ラカンカが口を挟んだ。「近くの街のペットショップで見掛けたのを買ったそうです。どうしても、見捨てることができなかったとか」

「見捨てるも何も、ペットショップにいたんだろ?」

「彼女に連れていってくれと懇願《こんがん》したそうです」

「ペットショップの店員がか?」

「いや。犬自身が」

「……その犬は人語《じんご》を話すのか?」

「まさか、そんなはずはないでしょう」

「では、メアリーは犬語を解するのか？」

「そっちの可能性の方が高いでしょうね」

「まあいい。犬の件は特に問題ない。日本では、保健所で不要な犬の殺処分をしてくれるんだろ？」

また、調査メンバーたちがざわめいた。

「今のざわめきは何だ？」ビンツーは尋ねた。

「推測するに、犬を殺処分するのは人道に反するということでは？」ラカンカが答えた。

「今がどんなときかわかっているのか？　Cの復活が迫っているのだぞ。犬になんか感《かま》けていたら、大事な調査がおざなりになってしまうではないか。わかっているのか？　Cとの戦いはすでに始まっているのだ。この調査はCとの戦いの一環なのだぞ」

「ペットには特別な力がある」レオルノ博士が言った。「殺伐《さつばつ》とした戦いが続く生活だからこそ、ペットによる癒《いや》しが重要だとは思わないのか？」

「癒しなどというものが必要だとは一度たりとも考えたことはないが、そう思う人間が多いというのなら、検討の価値はあるかもしれんな。ペットの面倒を見るための時間をロスと考え、精神的なストレスの軽減による効率化をゲインと考え、両者を天秤《てんびん》に掛けてみよう」

「もし、ロスの方が多いという結論になったら？」

「もちろん保健所送りだ」

団員たちがブーイングをした。

「何だ、今のは？」ビンツー教授が不思議そうに言った。

「君に対する不満の意思表示だ」レオルノ博士が言った。

「なぜだ？　わたしは充分に論理的な判断を述べただけだ」

「人は論理だけでは動かないということだ。そもそも君の判断は論理的と言えるのか？」

「どこか間違っていたか？」

「感情の要素への配慮が乏《とぼ》し過ぎる。すでに、あの犬はここの生活に溶け込んでいる。もし、彼を失ったら、団員たちの士気は相当に減退するだろう。これは大きな損失の要素だ」

「なるほど。もうすでに原状回復できる時点を過ぎてしまったということだな」

「どうだろうか。あの犬の飼育を許可しては？」

「そして、それを真似《まね》するメンバーが頻出《ひんしゅつ》して、ここが動物園と化す訳か？　それは真っ平御免だ」

「だったら、今後新たなペットを飼うことは禁止すればいい」

「それでは不公平にならないか？」

「どうだろう、みんな。今わたしが言ったルールで手を打つというのは？」

全員が賛同の声を上げた。

「……いいだろう。ただし、勤務中に散歩をさせるのは禁止だ。メアリーには厳重に注意しておく」

「ありがとう、ビンツー……」

「この話はこれで終わりだ。我々には時間がないのを忘れないでくれ」

「ああ。そうだった。まもなく入歯がやってくるぞ」

ビンツーはその場にいる人間に、先程あったことをかいつまんで説明した。

「わたしは入歯は非常に危険な人物であるという印象を持っている」ビンツー教授は言った。

「それはわたしも同感だ」レオルノ博士も同意した。

「しかし、わたしは彼に『ネクロノミコン』を見せると約束した。あの納屋を調査するためだ」

「わたしはその点について全く納得していないのだが」

「では、このデータを見てくれ」ビンツー教授は臨時の調査本部である古い屋敷の黄ばんだ壁に映像を投影した。それは港周辺の地図に見えたが、等高線のように奇妙な色が付けられていた。

「これは等高線か？　この付近には一部を除いて高低差はないはずだが」レオルノ博士は首を捻《ひね》った。

「この色は磁場や化学物質や電磁波や超音波から分析した、場所ごとの特異性を表している。つまり、一種類の物理量だけではなく、多元的な分析で異常さを抽出したものだ。異常が少ない点は青で、やや高い点は黄色で、そして明らかに異常な点は赤で示している」ビンツー教授は説明した。

「港周辺は概《おおむ》ね赤だな。……この紫の部分は何だ？」

「これは異常性が物理的な常識を超えている場所を示している。つまり、特異点だ」

「ぴんと来ないが……」

「例えば、気圧と言うものは連続的に変化するものだ。ある特定の敷地内だけ、周囲より気圧が百ヘクトパスカル高いなどということはありえないだろう」

「尋常ではないな」

「気圧だけではない。温度・湿度・風力・放射線量・重力……すべてで異常な値が出ている」

「つまり、どういうことだ？」

「あの納屋の中に何か異様な秘密があるということだ」

「この国の警察か軍隊に連絡しよう」

「駄目だ。この情報は一国に独占させるべきではない」

「独占するとは限らないだろう。ここは民主主義国家だ」

「わたしは可能性の問題を言っているのだ。どこの国の政府であろうと、我々には制御《せいぎょ》不可能だ」

「それはそうだろう。政府は各国の国民のものだ」

「どこの国の国民であろうと、Cに関わる力を独占させる訳にはいかない」

「我々ならいいというのか？」

「よくない訳がないだろう。地球上で我々よりCについての知識を有する組織はあるか？」

「……この問題は簡単には判断できない。今回は緊急措置として、ビンツー教授の判断に任せよう。ただし、事態が終息した後で、委員会の判定を受けるということでどうだ？」

「わたしに依存はない。委員会の判断もわたしと同じだろうから」

「それで、まもなくあいつがここに来るのだが、どう対応するつもりだ？」

「最悪の事態を想定しよう。あいつは『ネクロノミコン』を閲覧中に、それを持って逃げようとするだろう」

「では、出口を数人で見張らせよう」

「それでは、手薄かもしれない。銃はあるか？」

レオルノ博士は首を振った。「この国では銃は規制されている。外国人が銃を所有することはできない」

「我々は国連軍に準ずる組織だと思っていたが？」

「だとしても、ここは軍事基地ではない。銃を持てるはずがないだろう」

「銃に代わる武器はないのか？」

「警棒ならある。あとはスタンガンぐらいか」

「港の住民はどうだ？　猟銃を持っているものに協力させろ」

「害獣ならともかく、人間に向けて発砲しろとは言えないだろう。日本の法律にも触れる」

「とりあえず、話だけはしてみよう。力が借りられたら、儲《もう》けものだ」ビンツー教授はラカンカに命じ、或差路の元に向かわせた。

「あと、出入り口だけではなく、窓の外にも見張りを配置しろ」ビンツー教授は命じた。

「窓から出たりはしないだろう」

「思い込みは禁物だ。最悪、壁や屋根を突き破って逃げ出すかもしれない」

「人間にそんなことができるものか」

「人間だと？　やつを人間だと思っているのか？」

「人間に見えた」

「七歳で身長百九十センチの人間を見たことがあるのか？」

「あいつが七歳だというのは何の根拠もない。あいつ自身がそう主張しているだけだ」

「だが、もしあいつが普通の人間でないとしたら、取り返しが付かないことが起きるかもしれない。あいつが人間でないという想定の下、準備をすべきだ」

「ああ。大げさな準備だったとしても、単に自分たちが間抜けだったと自己嫌悪するだけの話だからな。万全の準備を行おう」

　それから三十分後、驚いたことに住民の中から猟銃を持つ者たちが五人程集まってきた。どうやら、右影鶏家を快く思わない者たちが相当数いるらしい。港と右影鶏家の間の確執はかれこれ百年近く続いているとのことで、そもそも諍いの発端が何だったか、もはや知る者もいないとのことだったが、なぜか恨みだけは代々受け継がれているようだ。

「言っておくが、基本的に人間に発砲してはいけない」レオルノ博士は何度も繰り返して言った。「撃っていいのは、正当防衛のときだけだ。向こうから攻撃をしてきて、やむを得ないと判断したときだけにしてくれ」

　住民たちはそんなレオルノ博士に向かってにやりと笑った。「じゃあ、人間じゃないとわかれば撃っていいんだな」

レオルノ博士は住民たちの真意がわからず、何かうすら寒いものを感じた。
やがて、約束の時刻となり、入歯が港にやってきた。

6

巨大な扉から強烈な臭いと耐え切れない騒音が噴き出してきた。そして、それに続いて、なんとも形容し難い色をした不気味な粘液のようなものが流れ出してきた。随分粘性が高く、三十センチの高さを保ったまま地面の上を這《は》うように近付いてくる。

「逃げた方がよくない？」みどりが言った。

「それについては、俺も百パーセント賛成だ。だが、どっちの方に？」竹男が粘液の流れを気味悪そうに見ながら言った。

「とりあえず、ボートに戻るというのはどうだ？」骨折博士が提案した。

「海に近付くのはどうかと思う。この粘液が海に向かって流れ出したら、逃げ場がなくなってしまうわ」

「しかし、ここより高所に登るのも危険だろう。未知の土地を進むことになる。ボートの中なら仮に粘液が追いついたとしても特に問題はないんじゃないか？」

粘液はぶくぶくと泡立ちいかにも有害そうな蒸気を放出していた。

「一対一ね。あなたはどう思う、竹男？　あなたの一票で逃げ場所が決まるわ」

「なるほど、多数決という訳か。しかし、難しいな。判断材料は皆無に近い」

「しかし、もう逃げないと、どちらにもいけなくなるぞ。あと十秒君が決断しなかったら、わたしは勝手にボートに向けて逃げさせてもらう」

「よし、高地に登ることにするぞ」

三人はすぐ傍まで近付いてきた粘液を飛び越え、島のより中央部と思われる高地の方向に進んだ。

こちらの方向に粘液は流れてこないので、少し余裕ができた。

低地側を見ると、粘液はぶくぶくと泡を立てながら海岸の方向へ流れていった。やがてボートを取り囲む。ボートはその場で浮き上がり、緩やかに上下運動を繰り返していた。

「ほら、ボートは大丈夫そうじゃないか」骨折博士は悔しそうに言った。

「今は、大丈夫でも、数時間後にはどうなるかわかりません」みどりは反論した。

「あのボートに乗っていたら、粘液に乗って海に出られたかもしれんのだぞ。……ところで、松田君、君はどうして登る方を選んだんだ？」

「どちらが安全かについては全く選ぶ根拠はありませんでした。だから、俺は逆転の発想をしたんです」

「逆転？　何のことだ」

「仮に、自分たちはもう助からないと考えたんです。となると、ボートの中か見知らぬ山中か、どっちで死ぬのが望ましいかということになります。実のところ、あのボートは今日初めて見て初めて乗ったところで、愛着はありません。何か思い出があるのなら、あの中で死にたいと思うかもしれませんが、よく知らないおんぼろボートの中で死にたいと思う人は稀でしょう」

「しかし、それを言うのなら、この島にも特に愛着はないだろう」

「ええ。もちろん、愛着なんかありませんよ。でも、ボートの中は見たけれど、この島の中は未探検です。どうせ死ぬのなら、その前に見たことのない景色を見ておこうかと、こう思った訳です」

「なるほど、好奇心が決め手になった訳か」

「浅はかだったとお思いですか?」

「いや。非常に論理的だと思う。確かに生き残りの確率を見積もることができない以上、安全性以外の事柄を基準にするしかない訳だ。しかし、困ったな。あのボートがこのまま粘液に乗って海に出ていってしまったら、脱出方法がなくなってしまう」

「脱出方法を検討するためにも、この島の奥地を探検するしかなさそうですね」

三人は奇怪な巨石群の中を奥地に向かって進んだ。

しかし、どれだけ進んでも、景色は殆ど変わらなかった。どこもかしこも濡れていて、海藻が纏《まと》わりついていた。草木は一本もなく、ただ石の遺跡が乱立している。遺跡には全く統一感がなかった。形の大きさも様々だった。巨大な直方体もあったし、塔のような形をしているものもあった。中には何かの彫像としか思えないものもあったが、その姿はとても人間のものとは思えないものばかりだった。眼鼻の数が違っていたり、異様な翼や触手が生えていたり、二足歩行をしていると思《おぼ》しきものもあれば、無数の手足を使って這いずっているようにしか見えないものもあった。それらは、古代においてすでに絶滅してしまった生物群にも見えたし、地球以外の悪夢のような環境下で進化した不快極まりない生物にも見えたし、精神を病んでしまった芸術家が狂った心の赴くままに作り上げた地獄の悪魔たちにも見えた。

「これらは何でしょうね？」竹男は吐き気を堪えながら言った。

「わからない。何か具体的な生物を模写したようにも思えるし、特殊な感性を持った種族が妄想をそのまま形にしたようにも見える」骨折博士は興味深げに観察しながら言った。「いずれにしても気味の悪いことではあるが」

「あの一番大きな彫像」みどりが指差した。「あれって、Cth……Cなんじゃないかしら？」

それは真っ黒な石で作られているため、輪郭《りんかく》がはっきりしなかったが、頭足類《とうそく》を象《かたど》っているように見えた。

「どうだろうか？　ただの頭足類ということも考えられる」骨折博士が言った。

「それにしてはでか過ぎませんか？」竹男が言った。

「実際の寸法という訳ではないだろう。もしそうだとしても、大王烏賊《だいおういか》のような頭足類も存在する訳だし」

「大きいと言ったのは、実際の寸法がそうだと思った訳ではありません。大きな像にはそれなりの意味があるのです。スフィンクスやコルコバードのキリスト像や大仏などは、信仰の対象だったからあの大きさになったのです」

「この遺跡を作った古代人は頭足類を信仰していたと？」

「だとしたら、あれがCである可能性は高いと思います」

三人はその巨大な彫像に近付いていった。

大きさは三十メートル近くあった。輪郭がはっきりしてくると、烏賊というよりは巨大な蛸《たこ》のように見えた。だが、蛸にはないはずの首から下の胴体と四肢《しし》が付いていた。それは現存するいかなる生物――哺《ほ》乳《にゅう》類にも爬虫《はちゅう》類にも鳥類にも両生類にも魚類のいずれにも似ていない奇怪なものだった。ぼこぼことした瘤《こぶ》に覆われ、手足には鋭い爪と水掻《みずか》きが付いていた。そしてその背には、蝙蝠《こうもり》もしくは翼竜《よくりゅう》のものによく似た巨大な翼が生えていた。

「間違いない」骨折博士は掠《かす》れた声で言った。「これは大王烏賊などではない。これは……これはCだ」

「ここにCを信仰する文明があったということですね」

「信じ難いことだが、そのようだ」

「どうして信じられないんですか？」みどりが尋ねた。

「このような信仰形態に人間の精神が耐えられるはずがない。その証拠にCを信奉する集団はすべて異様な精神状態に陥り、集団自殺を遂げているか、内紛で自滅するか、あるいは狂気の自爆テロに及んでいる。Cを信仰して、なお崩壊しない強靭《きょうじん》な精神力を持つ民族などあり得ない」

「じゃあ、人間でなかったのでは？」

「何だって？」骨折博士は驚愕の表情を見せた。「人間でないものの文明だと？」

「そう考えれば辻褄《つじつま》が合います」

「その考えは冒涜的に過ぎる。それではまるで人間がこの世界において特別な存在でないと言っているようなものだ」

「人類は特別なんですか？」

「特別でないとしたら、なぜ我々は地球上に君臨しているんだ？」

「偶然じゃないですか？　手入れの行き届いていない庭には雑草が生えますね。それから不潔な風呂場には黴《かび》が生えます。雑草や黴は、自分たちを庭や風呂場の支配者だと思ってるんじゃないでしょうか？　でも、それはぐうたらな真の持ち主が掃除をする決心をするまでの話です」

「君は人類を雑草や黴だというのか!?」

「ものの喩えですよ」

「喩えにしても、良識というものが必要だ！」

大地が震えた。

「地震か？」骨折が言った。

「地震なら何度か経験がありますが、少し違う様な気がします」竹男が言った。

「わたしも地震だとすると違和感があります」みどりも賛同した。「普通、地震は小さな震動から始まり、突然大きくなり、しばらく揺れが続いた後、終息していきます。しかし、この揺れは周期的に何度も強くなっています」

「地震でないとしたら、何なんだ？」

「足音？」

「そうだ」竹男が頷いた。「何かに似ていると思ったんだ。これは足音だ」

「馬鹿な。こんな足音を立てる動物などいるはずがない。もしいたとしたら、それは動物などではなく……」そこまで言って、骨折博士ははっと気付いたように彫像を見上げた。

気が付くと、竹男とみどりも彫像を見上げていた。

「そんなことはあり得ない」骨折博士が呟くように言った。「それが今だなんて……」

「しかし、Cの復活だと考えると、すべてが符合します」竹男が言った。

「Cの復活が迫っていることには疑問の余地はない。しかし、それが今であるはずがないのだ。星辰《せいしん》の位置が、まだ正しくない」

「『今』は現代でないとしたら、どうですか？」

「君はまだそんなことを言っているのか？」

「『今』が現代だとしたら、ここはどこですか？　現代の地球にこんな場所はありますか？」

「つまり、『今』は星辰の位置が正しくなる未来のいつかだと言うのか？」

「未来とは限りませんけどね」

「過去のあるときだというのか？」

「そうかもしれません。あるいは、我々の時間の中には永遠に現れない、別の時間軸における事件なのかもしれません。そもそも、ここが地球なのかどうかも定かではありません」

ばりばりと岩盤が砕けるような音がした。

「あれを見て！」みどりは先ほど大量の粘液が噴出した巨大な扉を指差した。

それはさらに大きく開こうとしていた。

「どうすればいいんですか？」みどりは骨折博士に問うた。

「どうすればいい、だと？」骨折博士は笑い出しそうな表情になった。

「もし、Cが復活するのだとしたら、何もできない」

「逃げることはできるんじゃないですか？」竹男が提案した。

「どこに逃げようというんだ、この島の中で？　いや。大陸にいたとしても決して安全ではないがね。地球は狭すぎる。どこに逃げても見付かってしまうだろう」

「近過ぎて気付かないということはあるかもしれないわ」みどりが言った。「とりあえず、Cに見付かる前にどこかに隠れましょう」

若い二人の科学者は扉から離れようと歩き出したが、骨折博士はその場に立ち尽くし、門が開く様子をじっと見ていた。

「先生、行きましょう！」竹男は声をかけた。

「もう何もかもおしまいだよ、君」振り向いた骨折博士は涙を流していた。

巨大な石の扉は突然、吹き飛んだ。

大量の粘液が流れ出し、もうもうと異様な色の湯気が立ち込めた。

続いて、おびただしい数の触手が現れた。それらは粘液の海をばしゃばしゃと掻き混ぜ、大量の飛沫《しぶき》を宙に舞い上げた。それは凄まじい速度で周辺に飛び散り、三人の顔にも叩き付けられた。

「うっ！」あまりの臭気と刺激に三人は呻《うめ》き声を上げた。

そのとき、不快な不協和音が天地に轟いた。聞いているだけで発狂しそうな悍《おぞ》ましくも忌《い》まわしい音だった。なんとか発狂を避けようと、どんなに耳を強く押さえつけても、その音を遮《さえぎ》ることはできそうになかった。

触手に続いて巨大な二つの手が現れた。それは開いた出口の両側を掴み、そのまま押し広げた。その存在が潜んでいた古代の建築物はみるみる崩壊し、煤《すす》けた煙のなかに異様な巨体がうすぼんやりと姿を現した。それは三人が見ていた彫像にそっくりの姿だった。だが、その大きさははるかに巨大だった。無数の触手はまるでそれぞれが別々の生き物であるかのようにばらばらに動き、大量の粘液を滴《したた》らせ続けていた。

「あれは紛れもないＣだ」骨折博士は殆ど息だけで囁《ささや》いた。

だが、邪神は骨折博士が囁くと同時にぴたりと動きを止めた。そして、ゆっくりと顔をこちらに向けようとした。

「逃げるぞ！」竹男は片手でみどりの、もう一方で骨折博士の腕を掴み、そのままさらに高みへと走り出した。

邪神はひときわ高く咆哮した。

7

「『ネクロノミコン』はどこだ？」入歯はまるで何かの依存症のように体を小刻みに震わせながら、ビンツー教授に要求した。

「まあ、そう焦るな」ビンツー教授は入歯を落ち着かせようとした。

調査メンバーたちは入歯を遠巻きに眺め、驚愕していた。

七歳だと主張しているからには、大人に見えるとは言っても、小柄な人物を想像していたのだが、見る限り入歯は調査団のどのメンバーよりも長身だった。さらにその風体《ふうてい》は奇怪で、あり合わせの布を縫い合わせただけのように見える衣服をすっぽりと被《かぶ》っており、体形が全く不明であり、太っているのか痩《や》せているのかすら、わからなかった。その皮膚は土気色で、全く張りがなく、ぶよぶよと腫《は》れ上がり、ところどころふやけて傷口のように出血が起こっていた。そして、それ以外の部分はまるで鱗のように角質化し、皹《ひび》割れているのだった。

「今から準備をするので、少し待ってくれないか？」

「俺は一時間後にここに来い、と言われた。そして、一時間後に来たのに、準備ができていないとはどういうことだ？　俺を馬鹿にしているのか？」

「『ネクロノミコン』はそこいらの古本とは訳が違う。保管庫から取り出すのには、それなりの手続きが必要なんだ」

これは真っ赤な嘘だった。ここにある『ネクロノミコン』はビンツー教授の完全なる私物であり、誰に閲覧させようが、貸し出そうが全く彼の自由であった。ただし、このような重要な書物を所有していることを報告していなかったことは、CATに対する背任行為であり、その点については咎《とが》められる可能性もあった。だが、法的には何の問題もない。ビンツー教授はそう確信していた。

「嘘じゃないだろうな？」

「おまえに嘘なんか吐いて、わたしにどんなメリットがあるというんだ？　おまえを怒らせたら、納屋の調査ができなくなるというのに」

「納屋の調査を承諾したつもりはない」

「ああ。もちろんだ。おまえの承諾が出たら、の話だ」

「それで準備はいつ終わるんだ？」

「そうだな。後十分かそこらだろう。まずは中に入って、応接室で待っていて欲しい」

「応接室？……俺を罠に掛けようと言うんじゃないだろうな？」

「だから、おまえを罠に掛けても何の得もないだろう」

「わかってるだろうが、まず『ネクロノミコン』の確認が先だ。納屋の件はそれが終わってから考える」

「ああ。もちろんだ。さあ、応接室に入っていてくれ」

入歯は応接室に案内された。

入歯は胡散《うさん》臭そうに周囲の部屋を見、臭いを嗅ぎながら、廊下を進んだ。

たまたま、出会ったメンバーは目を見張って、入歯の様子を見た。

応接室にはすぐ着いた。応接室とは言っても、それは屋敷の中央付近にあった部屋に、仮にそのように名付けただけだった。特に立派な調度品などがある訳ではなく、ただただ大きな机と古びて傾いた椅子が何脚かあるだけだった。

「お茶でも飲むか?」ビンツー教授は尋ねた。

「いらん。『ネクロノミコン』を渡せ」

「貸し出すことはできん。ここで閲覧するだけだ」

「ほんの数日でいい。貸し出して貰わなければ困るんだ」

「駄目だ」

「ほんの数時間でもいい」

「駄目だ。それ以上言うなら、閲覧もなしだ。我々は警察に通報し、警察と共同でおまえの屋敷を捜索する」

「やれるものならやってみろ……と言いたいところだが、俺も名誉ある右影鶏家の当主だ。無体《むたい》なことは言うまい。今日のところは閲覧だけで、我慢してやろう」

「ここで待っていろ」

ビンツー教授はその場を離れ、あえて二十分ほど放置した。

その間、予《あらかじ》め設置してあった隠しカメラで、つぶさに入歯の様子を監視していたのだ。

入歯はごそごそと神経質そうに身体を動かし、自分の指に噛み付いては、苛立ちを押さえようとしているかのようだった。

ビンツー教授はその様子に満足して、徐《おもむろ》に『ネクロノミコン』を携《たずさ》え、応接室に戻った。

「あまりにも遅すぎるぞ！　さあ、寄越せ！」入歯はまるで砂漠で脱水状態にあった旅人が水の入ったコップを見付けたかのような勢いで『ネクロノミコン』を奪い取ろうとした。

「落ち着け」ビンツー教授は入歯の手から本を遠ざけた。

入歯は今にも飛び掛からんばかりに牙を剥《む》いた。そう。その犬歯は他の歯に較べて遥かに長く、まさに牙と呼んでもおかしくないものだった。

「約束を破る気か？」入歯はだらだらと涎を床に垂らした。

「その渇望《かつぼう》はどこから来るのか？」ビンツー教授は、床の上に盛り上がるように滴っている粘度の高い唾《だ》液《えき》を見詰めながら言った。

「おまえにわかるものか！　俺はあいつを越えなければならないのだ！」

「あいつ？　誰のことだ？」

「あいつはあいつだ！」入歯は怒鳴った後、急に大人しくなった。「おまえたちが知る必要のないことだ。それより、約束だ。『ネクロノミコン』を見せてくれ」

「これは貴重な本だ。くれぐれも丁寧に扱ってくれよ」

「そんなことはわかっている！　さあ！　早く！」

ビンツー教授は入歯の目を見ながら、慎重に机に近付くと机の上にそっと本を置いた。

入歯は震える手で、『ネクロノミコン』の表紙を捲った。すると、眉間《みけん》に皺《しわ》を寄せ、襤褸の下から手帳を取り出し、ページをぺらぺらと捲《めく》り始めた。

「読める。……読めるぞ！　祖父さんの研究は間違っていなかったのだ！」

「その手帳は何だ？」ビンツー教授は手を伸ばした。

入歯の目が輝き、まるで獣のように唸《うな》りながら口を開き、その手に噛み付こうとした。

「うわっ！」ビンツー教授は慌てて手を引っ込めた。

「これは俺のものだ。俺の祖父が俺に残したものだ」

「何も盗《と》ろうとした訳じゃない。少し見せて貰おうとしただけだ」ビンツー教授はちらちらと盗み見を続けていた。

「これはたいせつな財産だ。簡単に見せる訳にはいかない」

「我々だって『ネクロノミコン』を見せたではないか」

「勝手に交換条件を後から設定されては困る」入歯はちびた鉛筆を取り出すと、芯を真っ赤な細い舌でぺろぺろ嘗《な》めながら、手帳にメモを始めた。

ビンツー教授はその様子を見て強い不安を感じた。

こいつには、もうこれ以上、『ネクロノミコン』を見せてはいけない。

そんな直感を覚え、カメラに向かって密かに合図した。

「もう時間だ。本を返して貰おう」ビンツー教授は入歯から本を取り上げようとした。

だが、入歯は素早く本を抱え込んだ。

「何をする？　本は貸せないと言ったはずだ」ビンツー教授は色をなした。

「そっちこそ、三十分間見せてくれると言ったではないか」

「おまえが来てから、もう四十分近く経っている」

「それは待たされた時間も入っている。俺が『ネクロノミコン』を見始めて、まだ数分だ」

「数分も三十分も同じだ。その程度の時間では何もわかるまい」

「ならば、貰っていくまでだ」入歯はビンツー教授を突き飛ばした。

彼は二メートル以上離れた壁までほぼ真っ直《す》ぐに飛ばされ、激突した。

「ぐぐっ……」衝撃で呼吸もままならなくなったが、なんとか立ち上がり、入歯の前に立ちはだかろうとした。

「いあ！」入歯は不気味な掛け声を上げると、その場で跳躍し、ビンツーの頭上を飛び越えた。

入歯が本を盗んだ。絶対に取り押さえろ！

そう叫ぼうとしたが、どうにも声が出ない。

入歯は応接室のドアを蹴り飛ばした。

ドアの前に立っていた警備スタッフがドアと一緒に宙を飛んだ。

凄まじい音に気付いて、調査団のメンバーが集まってくる。

「止まれ！」

何人かのメンバーがスタンガンを取り出した。

何をしている？　そんなものでは駄目だ。銃で撃て。そいつは人間ではない。

「そんなものを用意していたのか。まあ、そんなところだと思ってたよ」入歯はにやりと笑って、メンバーたちに向かって歩き出した。

「止まれ！　我々は本気だ！」メンバーたちは後退った。

「やれよ」入歯は両手を広げて挑発した。

ビンツー教授は何か武器はないかと周囲を探した。

残念ながら、ガラス戸の本棚ぐらいしかなかった。

ビンツー教授は躊躇《ちゅうちょ》なく、椅子を振り上げて、ガラスを叩き割り、一番大きな長さ三十センチもある破片を拾い上げた。

「うわー!!」先頭のスタッフがスタンガンを突き出して、入歯に突っ込んでいった。

入歯は彼の頭を掴んだ。

スタッフは身動きがとれなくなり、じたばたと足掻いた。

ぼんという鈍い音が響いた。

そのスタッフの頭は潰れ、脳漿《のうしょう》が溢れ出した。

廊下でパニックが始まった。

逃げ出そうとするスタッフ同士がぶつかり、倒れ、じたばたと床の上でもがいている。

「畜生！　邪魔だ！」入歯は一人の腹を蹴った。

彼は血を吐きながら、数メートルも飛んだ。ごぼごぼと血を吐いた。ズボンも血塗《ちまみ》れになった。下血しているのだろう。

「逃げるな。絶対に、そいつを食い止めろ。『ネクロノミコン』を持っていかれたら、人類に未来はない」

ビンツー教授はなんとか声を出すことができた。だが、何人に伝わったかは定かではない。

十人程のスタッフが廊下で右往左往していたのは、不幸中の幸いと言えるだろう。整然としていたら、入歯は一瞬で走り抜けることができたかもしれない。だが、人を押し分けて進まなければならないため、かなり手間取っていた。

運のいいスタッフはただ、壁に投げつけられて気を失う程度で済んでいたが、運の悪いものは頭や胸や腹を潰され、即死状態だった。なんとかスタンガンを押し付けることに成功した者もいたが、ほとんど効果はなく、スタンガンごと手を握り潰され、そのまま腕を引き抜かれ、口に突っ込まれた。

阿鼻叫喚《あびきょうかん》の廊下を抜け、あと二、三人で出口に到達しようかというときになって、中の騒ぎに気付いたのか、外への扉が大きく開かれ、数人の魚顔の港の住民が銃口を入歯に向けていた。

「そうだ。そのまま撃ち殺せ」ビンツーの声は恐らく住民たちには届かなかった。

だが、彼らは何のためらいもなく、引き金を引いた。

何発かは命中したようだが、ダメージはそれほどないようだった。

入歯は調査メンバーの一人を捕まえ、自分の前に立たせ、盾《たて》にした。

「構うな。そのまま……」

ビンツー教授が言い終わる前に、住民たちは発砲した。彼らの右影鶏一族への怨念《おんねん》は、ビンツー教授が思っていたより遥かに激しいようだった。その恨みの前には、余所者の命の価値などなきに等しいのだろう。

撃たれたメンバーは即死を免れたようで、ぴくぴくと痙攣をしていた。

「ふむ。おまえらもつるんでいたのか」入歯はさらに何発か受けたはずだが、平然と住民たちに向かって歩き続けた。

住民たちはさらに発砲を続けた。

散弾を何十発も受けたスタッフの肉体はずたずたになっており、さすがに絶命したようだった。

入歯は、盾に使うには頭と手足が邪魔だと思ったのか、引き千切《ちぎ》り、胴体だけにした。そして、皮膚と皮下脂肪と筋肉を突き破って、背骨を直接握りしめた。

ぼたぼたと大量の血が流れたが、入歯も港の住民も特に気にしてないようだった。

いくら人間を超えた強靭な肉体を持っていたとしても、頭部や心臓を粉砕すれば、さすがに息の根は止められるはずだ。だが、その部分は肉の盾によりしっかりとガードされているため、なかなか命中させることができない。

さらに発砲音が続いたが、ふいに発砲が止まった。

銃の中の散弾が尽きたのだ。もちろん、スペアの玉は持ってきているはずだ。しかし、どうみても、新しい弾を込める余裕はなさそうだった。

「でやぁー!!」住民たちの何人かは銃を持ち上げて、威嚇《いかく》を始めた。

「俺を馬鹿にしてるのか?」入歯は盾を掴んだまま走り出した。おそらく盾もろとも住民たちに体当たりし、包囲を突破するつもりなのだろう。

だが、そうはならなかった。

入歯が住民たちにあと数メートルまで近付いたとき、数名の住民の銃が発砲した。彼らは入歯が充分に近付くチャンスを待って、弾切れのふりをしていたのだ。

至近距離での発砲であるため、何発かの弾はそのまま、肉の盾を貫通し、入歯の肉体に到達し、血と肉を削り取り、撒き散らした。

だが、致命傷には至らない。

住民の一人がさらに発砲した。だが、後に誰も続かない。もう本当に弾切れのようだった。

「ひえ〜」住民たちは逃げようとした。

「屑《くず》どもが!」入歯は住民に向けて、肉の盾を投げ付けた。

住民たちはまるでボーリングのようにその場に次々と倒れた。

血塗れになりながらも入歯は大股で彼らに近付いた。

肉を切り裂く鈍い音がした。

入歯は振り向いた。

ビンツー教授はガラスの破片を掴んだまま、入歯に体当たりしたのだ。破片は左胸の後ろ側の背中に突き立っていた。

「貴様とて、心臓は左胸にあるのだろう？　これで終わりだ」ビンツー教授は入歯の胸倉に手を突っ込み探った。

「小賢《こざか》しい」入歯は上半身の筋肉を緊張させた。

ビンツー教授の手の中で、ガラス片が砕け散った。

ガラス片がどの程度の深さまで突き刺さったのかはわからない。だが、もし心臓に到達していたら、入歯が立っていられるとは思えなかった。

入歯は方向転換した。

それと同時に、ビンツー教授は入歯の肉体から離れ、その場に尻餅《しりもち》をついた。手には血塗れの『ネクロノミコン』が握られていた。

「さあ、それを返して貰おうか」入歯は言った。

「これはわたしのものだ」ビンツー教授は力なく言った。

「これは、ようぐそうとほうとふの思《おぼ》し召《め》しだ。あんたは、それを俺の元に運ぶためだけに作られたのだ」

「糞喰らえ！」ビンツー教授はガラスの破片を一握り掴み、入歯の目に向かって投げつけた。いくらか目に入ったのか、入歯は目を擦《こす》った。その瞬間、出血が始まり、彼はまるで血の涙を流しているように見えた。だが、そんなことは意に介さないようだった。彼はビンツーの本を持つ手の右手首を握った。

万力《まんりき》のような力で締め付けられる。

「死んでも放す……ものか」ビンツー教授は歯を食い縛った。

「愚かな。精神力でなんとかなると思ってるのか？　科学者の風上にも置けんな。人間の貧弱な精神が物理的な力に勝てはしないのだ」入歯はさらに力を込めた。

全ての右手の指から力が抜け、『ネクロノミコン』と手帳が床に落下した。

次に、入歯はビンツー教授の喉《のど》を掴んだ。

ビンツー教授は必死に逃げようとしたが、ぴくりとも動くことができない。

「さあ、力を入れるぞ。何かいいたいことはあるか？」

ビンツー教授は呪詛《じゅそ》の言葉を投げかけようとしたが、息ができないのでもちろん言葉を発することはできなかった。そして、酸欠状態となり、白目を剥いた。

入歯はげらげらと笑い、力を込めた。

その瞬間、吠え声がした。

入歯は反射的に手を放した。

ビンツー教授は床に落下した。激しく咳き込み、大量の泡を吹き出した。

入歯が振り向くと、顔のすぐ傍《そば》まで、牙が迫っていた。

入歯は慌てて首を引っ込め、犬の攻撃を辛くも避けた。

「ラッシー、止めなさい！」メアリーの声が響いた。「危ないわ！」

一瞬、柴犬の動きが止まった。

その隙を入歯は逃さなかった。大絶叫と共に、嵐のように屋敷から飛び出した。

その場にいたものは、調査メンバーも港の住民も全員弾き飛ばされた。

入歯は喚き散らしながら、夜の闇の中を疾走《しっそう》していった。

ビンツー教授はまだ湯気の立っている血塗れの『ネクロノミコン』と手帳をしっかりと抱きしめ、高笑いを始めた。

8

邪神は三人を追っては来なかった。しばらく、建物の傍でぐねぐねと身体を蠕動《ぜんどう》させた後、徐に立ち上がると、またもや奇怪な大音声を上げた。

三人は耳を押さえて蹲《うずくま》った。

骨折博士はその場で激しく嘔吐《おうと》した。

「これで人類は終わりなの?」みどりは尋ねた。

「いや。そうとは限らない」竹男が言った。

「だって、Cは復活したわ」

「いくつか、大事なことがある。まずここは現代の地球ではない」

「それは君が勝手にそう思い込んでいるだけだろう」骨折博士が反論した。

「だから、そろそろ認めてくださいよ。もし、ここが現代の地球であるなら、いったいどこですか? 日本近海にこんな場所がありますか?」

「海流の関係で、短時間にびっくりするぐらい遠くに流されることはあり得る。それに、この島は、おそらくつい最近の地殻《ちかく》変動で海面に隆起《りゅうき》したと考えられる。地図にないとしても不思議ではない」

「いろいろと論理の飛躍がありますよ。どんなに早くったたって、海流の速さは時速数キロ程度ですよ。数分間で何百キロも流されることはありません。ジェット機ではないんですから。それにこんな大きな島が隆起したら、それこそ、歴史上最大級の津波が発生して、大騒ぎになっているはずです」

「ふん、それらについても、納得のいく説明があるはずだ」

「どんな説明ですか？」

「今ここでは無理だ。データが不足しているからな」

「それなら、俺の仮説で説明してもいいはずです」

「……まあいいだろう。今更、妄想を信じたからって、さらに状況が悪化するとは限らない」

「もし、ここが現代の地球でないなら、Cの復活と人類の滅亡は関係ない。なぜなら、ここには人類はいないから」

「わたしたちがいるわ」

「仮に俺たちが死んでも、人類は滅亡したりしないよ」

「申し訳ないが、それを聞いてもあまりお祝いしたい気分にはなれないよ」骨折博士が言った。

「大事なことって、それだけ？」

「もう一つある。あれは完全なCなのかってことだ」

「どういうこと？」

「つまり、あれは復活したのではなく、復活途上なのかもしれないってことだ」

「どう違うのかわからないわ」

「全然違うよ。もし完全復活したのなら、あれは正真正銘のCだ。でも、復活途上なら、あれはまだCではないのかもしれない」

「まだ違いがわからないけど」

「つまり、あいつはまだ蛙になっていない御玉杓子《おたまじゃくし》なんじゃないかってことだ」

「鰤《ぶり》になる前の魬《はまち》ってこと？」

「その喩えは本質から少し遠い。全く的外れって訳じゃないけど」

「それは日本語の言葉遊びなのか？」骨折博士が痺れを切らしていった。

「単なる言葉遊びではありません」竹男は説明した。「あいつが完全体でなければ、不死身ではなく、また眠りにつかせることができるかもしれないということです」

「あいつが完全体でないという根拠は何だ？」

「勘です。あえて言うなら、我々がまだ生きていることが証拠です」

「か、か、か、勘だと！」骨折博士はかなり怒っているようだった。「君の話に一縷《いちる》の望みを期待したのに」

「どうぞ、期待してください」

「しかし、勘などに頼るのは非論理的だ」

「人類が初めて遭遇する未知の存在の状態を推定しようというのですから、勘に頼らざるを得ません。したがって、この場合、勘に頼るのは却って論理的だとも言える訳です」

「いくら勘だと言っても、なんらかの裏付けが必要ではないか」

「だから、我々が生きていることがその裏付けです。Ｃの復活は人類の滅亡を意味するはずです。それなのに、結構、至近距離にいる我々が生きている訳ですから、Ｃは本調子ではないと考えられます」

「あと十秒で死ぬのかもしれないぞ」骨折博士が言った。「もしくはすでに死んでいるのかも」

「その状況は、ある意味、Ｃの復活など気にしなくてもいい状態なので、わざわざ考慮しなくてもいいと思います」

「つまり、こういうことか？『どんなに絶望的な状況下でも、今が最悪ではないと信じることができたら、そこそこ幸せな気分になれる』ってことか？」

「少し違います。でも、そう解釈したければしても構いませんよ」

「で、逃げる以外にはどうしようもないのか？」

「海亀はご存知ですか？」

「気は確かか？　今、海亀の話をしている場合ではないだろう」

「もちろんご存知ですよね？　考えてみてください。彼らはどうして砂浜に卵を産むのか？」

「岩場に穴を掘るのは大変だからか？」

「そういう答えを期待しているのではありません。時間が勿体《もったい》ないので正解を言いますが、砂浜は海に近いからです。海亀は海でしか生きられません。だから、海のすぐ傍に卵を産む訳です。さて、翻《ひるがえ》ってＣ

について考えます。あいつは何に似ていますか？」

「少なくとも海亀には似ていないと思うが」

「これも時間が勿体ないので、答えをいいますが、蛸に似ています。蛸は水生生物です。だとすると、Cも水中が生存に適しているとは考えられませんか？」

「そうかもしれんし、そうでないかもしれん。……だが、Cが海底に眠っていたのには意味があるのかもしれんな」

「もし、Cが水中生物であるのなら、陸上では、その能力を発揮できないと考えても不思議ではありません。そして、あの建物が海のすぐ傍にあるのも、目覚めてすぐに海中に戻るためかもしれません」

「仮定ばかりの上に構築された理論だな。そんなものは一点崩れれば、全体が崩壊するぞ」

「ふだんなら、俺だってこんな乱暴な理論立てなんかしませんよ。だけど、今は詳しく検証している余裕はないのです。このまま、死んでしまうぐらいなら、仮説でもなんでもそれを信じてみる価値はあるでしょう」

「確かに一理ある。だが、今の君の仮説をどう利用しようと言うんだ？」

「Cが海に入るのを妨害するんです」

「どうやってだ？」

「ここに罠を作ります」

「落とし穴か何かか？　確かに周囲より少し低い窪地《くぼち》のようだが、穴を掘るのは無理だぞ」

「ここに船の燃料であるガソリンを撒くのです。岩場なので、いくつかの流出口をふさげば、ある程度溜められるはずです」

「ガソリンを撒いた後、ここへ誘《おび》き寄せて火を付けるというのか？」

「ガソリンを先に撒いてしまうとさすがに怪しむでしょう。そうではなく、まずこの窪地を越えて、山の奥地に進ませるのです。見たところここは一本道なので、海岸に戻るためには必ずここをもう一度通る必要があります。そのときにガソリンを撒くんです」

「海に出るためには、この窪地に入るしかない訳か。しかし、炎程度でCを滅ぼせるだろうか？」

「陸上でCがどれだけ弱るかですね。やる価値はあると思います」

「もし、わたしが反対したら？」骨折博士が言った。

「わたしと竹男の二人でやります」みどりが言った。

「二人だと人手不足になりそうだな」

「どうせ三人でも人手は足りません」

「……わかった。わたしも協力しよう」骨折博士は溜め息を吐いた。「中年のおやじは殆ど力にはなれないだろうがね」

「ありがとうございます」竹男は骨折博士の手を握った。

「礼を言われる筋合いはない。自分の命が惜しいので足掻いてみようと思っただけだ。それよりも作戦の詳細を頼む」

「三人いるので、役割を三つに分担します。まず一人目はCを誘き寄せる役です」

「どうすれば、誘き寄せられるんだ？」

「Cの前で、尻を出して、叩いて見せたりしたらどうでしょうか？」

「それを侮辱《ぶじょく》の意味だと理解するだろうか？」

「だったら、唾を吐きかけてもいいし、『Cのアホ！』と怒鳴ってもいい。とにかく、引き寄せるんです」

「相当ハードルが高そうだな。他の二人は？」

「二人目はボートに向かいます。船倉にガソリンのポリタンクがあったはずです。一人目がCの気を引いている間に、それをここに持ってきます」

「三人目は？」

「調整係です。ここら辺りの岩陰に潜んでいて、両者を監視して、問題が起こった方をサポートします。例えば、一人目がCに追いつかれそうになったときは囮《おとり》を交代するとか、Cが二人目に気付いてしまったときは、自分が囮になるとか。後は窪地にうまくガソリンが溜まるように石で流出口を塞《ふさ》ぐとか。まあ、臨機応変に対応を変える役割ですね」

「二人でやる場合は、三人目を省略することになっただろうな。ということは三人目の役割りが一番軽いということになるのか？」

「すべてが予定通り進めば、三人目は楽でしょうね。でも、ひとたびトラブルが起こったら、三人目は自分の判断で臨機応変に対応しないといけないので、相当つらいと思いますよ。実際、死の危険は一番大きいと思います。他の人にトラブルがあったときに囮になるのがメインなので」

「では、わたしが三人目をやろう」

「自己犠牲ですか？」

「逆だよ。わたしは楽観主義者なので、何のトラブルも起こらないと信じている。だから、一番楽な役を選んだんだ」

「でも、もう少し検討してから……」

「無駄だ。ぐすぐず検討していても仕方がない。わたしは三人目だ。これ以上無駄な時間を使うな」

「では、わたしは二人目よ」みどりが宣言した。

「ボートからガソリンを運んでこないといけないんだぞ」

「だから？」

「女性には荷が重い」

みどりは声を出して笑った。「じゃあ、腕相撲《うでずもう》の勝負をしてみる？」

「いや。そんな時間は勿体ない。君に自信があるというのなら、二人目は君に頼むことにしよう」

「では、自動的に一人目はあなたね」

「そうなる。まず君はできるだけ、目立たないように海岸のボートに向かってくれ。俺は君がボートに近付いたのを確認したら、大声でCを誘き寄せる。先生はひとまず岩陰に隠れてください」

「打ち合わせはそれだけ？」

「細かい戦略を立てる時間はない。申し訳ないが、不測の事態が起きた場合、各自なんとか切り抜けるしかないだろう」

「では、わたしは海に向かうわ」

「わたしは少し離れた岩陰に隠れる」

ふたりはあっと言う間に目の前からいなくなった。

みどりはちらちらと見え隠れしながら、麓《ふもと》へ、そして海へと向かっていった。

骨折博士については、完全に姿を消してしまっていた。見事としか言いようがない。

しかし、ここで竹男の脳裏に疑念が浮かんだ。

ひょっとすると、博士はこのまま最後まで隠れているつもりではないだろうか？

まあ、そうなったら、そうなったで仕方がない。なんとかして、二人で作戦を遂行するだけだ。

みどりは積もった粘液の中を進んでいた。

そう言えば、粘液のことをすっかり忘れていた。あんなものの中を進ませるなんて、みどりに申し訳ないことをした。

みどりは粘液の中を腰まで浸かりながらぐんぐん進んでいた。あれが有害だとしても、少なくとも即効性のある毒ではなさそうだ。

邪神は周辺を触手で探査しているかのような奇妙な動きをしていた。

みどりがあと数メートルの距離までボートに近付いた瞬間、いままでばらばらに動いていた無数の触手の動きが突然同期した。すべての触手が一瞬、直線になったのだ。そして、その直線を延長した先の交点にはみどりがいた。

邪神の目はみどりを捉えていなかったし、移動を開始した訳でもなかったが、邪神がみどりに気付いていないと考えることは、とてもできなかった。

竹男は邪神に向かって走り出した。

「おおい!!　俺はここだ!!　こっちの方が絶対に食いでがあるぞ!!」

無数の触手のうち一本だけが竹男の方に向けられた。だが、それは一瞬だけで、またすぐに他の触手と同じくみどりに向けられた。

「俺が見えないのか!?　この糞蛸野郎が!!」

だが、何を叫んでも、それ以上邪神は竹男に何の関心もしめさなかった。

「みどり、作戦は失敗だ！　すぐに戻ってこい！」竹男は力の限り叫んだが、みどりには聞こえているのかどうか、そのまま粘液に足をとられつつも、ボートに向かって進んでいる。

たとえ、彼女がポリタンクを運び出すことに成功したとしても、岩場の窪地まで運ぶことができなければ殆ど意味がない。それ以外の場所でガソリンを放出しても、すべてどこかに流れていってしまうだろう。

このままでは、彼女は犬死になってしまう。

竹男は全力で走り続けた。

今は俺を無視しているが、さすがに至近距離から直接攻撃すれば、俺を排除しようとするだろう。窪地まで誘い出すことはもはや無理かもしれないが、少なくともみどりから引き離せることぐらいはできるだろう。

粘液の中に足が埋まった。

竹男はバランスを崩し、粘液の中に倒れ込んでしまった。

べとべとした悪臭を放つ液体が、口や鼻や目や耳の中に入り込んでくる。

竹男はもがきながら何とか立ち上がり、顔から粘液を拭ったが、到底拭い取りきれるものではなかった。

彼は粘液を完全に取り去ることはすぐに諦め、粘液の中を進み始めた。最初はなかなかうまく進めなかったが、ふと歩くのではなく泳げばいいのではないかと気付いてから移動速度は格段に上がった。

そうして、一分程も進んだ頃、背後に気配を感じた。

慌てて振り向くと、目と鼻の先に骨折博士がいた。

「岩場に隠れてるんじゃなかったんですか？」竹男が尋ねた。

「そのつもりだったが、これは君がさっき言ってたトラブルじゃないかって気がしたんで、自分の臨機応変な判断で君の後を追っ掛けたんだ」

「これでは、三人一緒に死んでしまうかもしれないじゃないですか」

「まあ、一人だけ生き残ってどうするんだ、ということもある。とにかく、篠山さんのところに急ごう」

邪神は身体の向きをみどりの方向に変えた。その目はみどりを見据《みす》えているようにも見えた。

「おおい、こっちだー!!」竹男はもがき進みながら、大声を出し続けた。

「こっちだ、頭足類！」骨折博士も叫んだ。

「この馬鹿くとひゅーるひゅーが!!」竹男が叫んだ。

「君、なんてことを言うんだ！」骨折博士が竹男の肩を強く掴んだ。

「あいつの名前を呼んだんですよ。そうすれば、こっちに気付くかと思って」

「こんなCの近くで、その単語を発音するなんて、正気を疑うレベルだ」

「だが、もうそれ以外に思い付かなかったんですよ」

そのとき、みどりは粘液を滴らせながら、ボートの中に入り込んだ。足下を探って、タンクの保管場所を探しているのだろう。

邪神は突然海に向かって進み出した。

みどりはタンクを探すのに必死で、邪神が近付こうとしているのに気付いていない様子だった。

「この……この……糞くとひゅーるひゅーが！」突然骨折博士が叫んだ。

「博士……」

「考えてみれば、やつが復活したんだから、これ以上何が起こるかなんて、気にすることはなかったんだ」

二人は互いに助け合い、邪神を侮辱しながら、海岸へと向かっていった。

邪神は粘液の中をすたすたと歩き出した。粘液は大きく波打ち、ボートを弾き飛ばした。

それは空中でくるくると何度も回転した後、海面に落下した。幸運なことに船底が下を向いていたため、転覆は免れた。

「ボートから人影が落ちるのが見えましたか？」

「いいや。君は見えたのかい？」

「いいえ。……ということは、彼女はまだボートの中にいる可能性が高い訳です。すでに計画は破綻《はたん》してしまっているので、彼女の救出に向かいましょう」

「まあ、仮定に仮定を積み重ねた計画だったから、失敗して元々だ。彼女を救出してから次の手を考えよう」

二人は粘液の中を懸命に進んだ。

邪神はついに海岸を越え、海の中に一歩踏み込んだ。

海面が大きく震動し、それが周辺に伝播《でんぱ》していく。

ボートが大きく揺れた。

みどりは上体を起こした。

みどりと邪神の目が合った。

彼女はしばらく硬直していた。

竹男は彼女が邪神に慄《おのの》いているのだと思った。

だが、彼女はゆっくりと運転席に向かったのだ。

「彼女は何をしているんだ？　今すぐ、逃げるように伝えられないか？」

「ボートを使って逃げようとしているのかもしれません」

「激しく岩に打ち付けられたから、動くかどうかわからんぞ。それよりも、ボートから岸に移って走って逃げた方がまだ可能性があるんじゃないか？」

「人間の脚では、くとひゅーるひゅーには勝てないでしょう。それよりも、ボートが動く方に賭けたのかもしれません」

海岸沿いの浅瀬をボートの方に向かって、突き進んでいく。

「あと何秒かで、ボートに到達するぞ！」骨折博士は叫んだ。「おい、烏賊頭！　敵はこっちだぞ！」

だが、邪神は骨折博士には全く興味を示さなかった。

次の瞬間、エンジン音が聞こえた。ボートが動いたのだ。ボートは粘液と海水の入り混じった領域を進んでいく。

その後を邪神が追い掛ける。

「どうだ？　逃げられると思うか？」

「今のところ、くとひゅーるひゅーより、ボートの方が少し速いようです。しかし、ボートはあれが精一杯でしょう。対して、くとひゅーるひゅーの方は本気を出せばどのぐらいの速さで進めるのか、想像も付きません。今はただうまく逃げてくれと祈るばかりです」

ボートは沖の方へと向きを変えた。

「沖に進むのはまずいんじゃないか？　君の予想通り、海に潜ることであいつが完全復活するとしたらだが」

「彼女の考えはわかりませんが、今となっては俺たちにはどうしようもありません。とにかく海岸に向かいましょう」

粘液は少しずつ、溶けだしているようで、だんだんと進みやすくなってきた。ひょっとすると海水と混じると粘度が下がるのかもしれない。

ボートはどんどん沖へと進んでいった。

邪神もそれを追うかのように、海のなかを激しく波を立てながら歩いている。

気のせいか、邪神の皮膚の状態が変化をしているように見えた。ミイラのように罅割れていたものが海洋生物のように、ぐにゃぐにゃした見掛けに変化している。そして、少し大きくなったようにも見えた。

海水を吸収しているのかもしれない。

「やはりあのボートは故障しているかもしれない」骨折博士が深刻な様子で言った。

「何かおかしいですか？」竹男は不安を感じた。

「ボートの進路だよ。かなり大きくカーブしている。きっと梶《かじ》が破損して、真っ直ぐ進めないんだ」

「直線的に進めないと、くとひゅーるひゅーに追いつかれてしまう危険が高くなりますね」

「追いつかれるどころか、ボートはほぼUターンしてしまっているぞ」

「もし梶が壊れているとしたら、ぐるぐると同じ海域を回り続ける可能性が高いですね。速度をうまく調整すれば、あいつをうまくやり過ごせるかもしれません」

「いや。もうカーブしていない。また、真っ直ぐに進んでいる。梶が壊れてたんじゃない。彼女が意図的に方向変換したんだ」

みどりの乗るボートは再び岸へ向かって進んでいた。しかも今度は一直線に、そしてどんどん加速している。

「彼女は何をする気なんだ？」骨折博士は首を捻った。

「彼女は……くとひゅーるひゅーと戦おうとしてるんです」竹男は深刻な顔で言った。

「たった一人では無理だ」

「彼女は戦うのは一人で充分だと考えているのでしょう。確かにボートは一台しかないので、三人が乗り込んでも二人は手持ち無沙汰《ぶさた》になります。それなら、一人で運転すれば、残りの二人の命が助かります」

「なんというドライな考え方だ」

「俺の考えではありませんよ。彼女の考えを推測したのです」

「彼女はヒロイズムに酔っているんだ。すぐにやめさせなければならない」

「俺も同感です」

二人は大声を出して、なんとかみどりの暴走を止めようとした。

だが、みどりが気付いているのかどうかすら、よくわからなかった。

邪神は身体の大部分を海面下に沈めていた。頭部の上半分のみを水面上に出して、沖に向かって進んでいく。

その邪神の顔に向かって、ボートは突き進んでいた。

「駄目だ。もう衝突を回避することはできそうにない！」竹男は悲痛な声を上げた。

みどりはボートの中で身を伏せた。

ボートは矢のように邪神の顔に突き進んだ。

邪神は咆哮した。凄まじい怒りの声だ。そして、竹男は何百もの落雷が同時に起こったかのような衝撃を感じた。

9

モーターボートの全長は五メートル近くあり、幅は二メートル近くあった。五百キロの質量を持ち、そのエンジンの出力規格は六十馬力とされていた。古びてはいたが、その最高速度は時速五十キロには達していただろう。

その先端は柔らかい邪神の頭部に突き刺さり、そのまま皮膚を引き裂き、内部に侵入した。船の持つ運動エネルギーはすべて、邪神の肉体を崩壊させるために使用された。

その肉体は破裂し、周囲数百メートルに亘って飛び散った。破片の大きさは数センチから数メートルと様々だったが、海中に落ちると、ぐちゃぐちゃに変形し、細胞レベルで再組織化が始まったようだった。

ボートの船体は多少のダメージを受けてはいたが、ほぼ原形を保っていた。だが、エンジンは停止し、緑色の異様な臭いを発する粘液につつまれていた。

邪神の崩壊と共に、潮流はあきらかに異様な動きを見せていた。

ボートはくるくると回転しながら、岸すれすれのところを流されていた。

「ボートはまもなく、この近くに流れてきます。たぶん岸から十メートル程の距離だと思います。博士は泳げますか？」

「もちろんだ。この紫や緑の浮遊物の中を泳ぐのは気が進まないが、背に腹は代えられない」

「では、今から海に入って、ボートの到着を待ちましょう」竹男は水の中に飛び込んだ。

骨折り博士も後に続く。

二人はやってきたボートに縋《すが》り付くと、なんとか這い上がって、内部に滑《すべ》り込んだ。

ボート内には大量の粘液が溜まっていたが、幸いにも沈むほどの量ではないようだった。

粘液の中にはみどりが倒れていた。

竹男はすぐにみどりを引き起こし、口の中から粘液を取り除いた。

みどりはごほごほと咳をした。

「大丈夫か？」竹男は尋ねた。

「いいえ。口の中がとっても生臭いわ」みどりは顔を顰《しか》めた。

「息はできてるみたいだな」

「わたし、やった？」

「ああ。見事にやり遂げたさ。くとひゅーるひゅーは粉砕された」

「じゃあ、くとひゅーるひゅーの復活は阻止できたのね」

「ああ。やっぱり復活直後は不完全体だったようだ。くとひゅーるひゅーーの撃退がこんなに簡単だったとは驚いたよ」

「幸せな気分に水を差すようなことを言って申し訳ないが」骨折博士が言った。「ことはそう簡単ではないようだ。海面に浮かぶCの組織を見たまえ」

その緑色の物体は大きさは数十センチに過ぎなかったが、細かい破片が徐々にその物体に集まってくる。

竹男は、最初微生物が邪神の残骸《ざんがい》を食べに集まってきているのかと思ったが、よく見るとそうではないようだった。

小さな邪神の破片が大きな破片に融合して徐々に大きくなっていたのだ。

竹男は手元にあった金属の棒でその塊《かたまり》をもう一度粉砕しようとした。

「そんなことをしても無駄だ」骨折博士は静かに言った。

「どうしてですか？　このままだと、これを核にしてくとひゅーるひゅーが復活してしまうじゃないですか」

「これだけじゃないんだよ」骨折博士は片腕をゆっくりと広げ、海面を指し示した。

そこには無数の不気味な塊が発生しており、小破片を吸収したり、互いに融合したりを繰り返していた。

「どのぐらいで復活するの？」みどりがふらふらと立ち上がった。

「何とも言えんな」骨折博士が言った。「こんな現象は初めてだから推測のしようがない。一時間で復活するのかもしれないし、一世紀は掛かるのかもしれない」

「後の方を期待したいですが、そうはうまくいかない気がしますね」竹男が不安げに言った。

「よし。逃げ出そう」骨折博士が言った。

「逃げるってどこへですか？」みどりが髪に付いた粘液を擦り取りながら尋ねた。

「もちろん、ここではないどこかへだ」

三人は手分けして、船の損傷具合を調べた。粘液のおかげで、かなり苦労したが、幸いなことに致命的な損傷は見付からなかった。エンジンはすぐにはかからなくて、三人とも相当肝《きも》を冷やしたが、手動でなんとか動かすことに成功した。

「どっちの方向に進みますか？」みどりが骨折博士に尋ねた。

「どちらでもいいからまずは島を離れよう。ひょっとすると、計測装置が使えないのは、この島の周辺だけかもしれない。装置さえ使えるようになったら、現在地を把握して、最寄りの陸地へと向かえる」

「もし、島から離れても装置が回復しなかったら、どうしますか？」

「その場合は夜になるのを待とう。星が見えればだいたいの緯度がわかるはずだ」

「でも、経度がわかりませんよ」

「松田君の仮説によると、我々は時間旅行をしたそうだが、わたしはそうでないと考えている。だとすると、だいたいの時間がわかっている訳だから、星座から緯度も推定できる」

「もし、それで大洋のど真ん中にいるとわかったら、どうするんですか？」

「そのときはまた何か別の手を……」

「みんな気を付けるんだ!!」竹男が叫んだ。「また、高波が来る!!」

静かな海に突然、高波が現れた。もっとも、三人とも、もうこんなことぐらいでは驚かなくなっていた。そもそも、この海域に迷い込んだのも高波のせいだった。

ボートはぶんぶんと振り回され、三人とも必死でボートのどこかにしがみ付くので精一杯だった。とても、現在地を測量する程の余裕はなかった。

しかも、今回はさっきのものより、質が悪い高波のようで、どんどん船の中に海水が入ってきていた。

もちろん三人とも排水作業をする余裕などはない。

竹男は絶望感にとらわれた。

ああ。これはしくじったな。せっかく邪神に勝ったというのに、こんな海の中で死ぬことになるとは……。

突然、強いGが掛かったと思った瞬間、体重がなくなったかのような感覚に捉われた。

船体がぐるぐると回転して、空が見えたり隠れたりした。

その一方、みどりと骨折博士と粘液の塊がふわふわと近くを漂っている。

もっと、みどりに近付きたいと思ったが、なぜか近寄ってくるのは、骨折博士の方だった。

これが最期《さいご》とはちょっと残念だが、これも運命か。

竹男は潔《いさぎよ》く諦めた。

激しい衝撃を受けた。

ちょうど三人とも船の上側にいたので、もろに衝撃を受けるのだけは避けられたが、相当強く叩き付けられた。

船はばらばらに吹き飛んだ。

三人は固い地面の上に投げ出された。

ああ。また、島に戻ってしまった。そして、もうボートはない。これから筏を作って島を脱出しなければならない。それまでに、あいつが復活しなければいいが。

「みんな、大丈夫か？」竹男が声を掛けた。

「大丈夫。生きているわ」みどりが返事をした。

だが、骨折博士の返事はない。

骨折博士はどこだ。

「博士、ご無事ですか？」竹男はふらつく視線をなんとか定めようとした。

骨折博士の呻き声がした。

よかった。博士は生きている。

ようやくふらつきが収まり、周囲の様子が見えてきた。

地面はまるで舗装したかのように平らだった。

「いったい何がどうすればこんな酷いことになるんだ？　弁償して貰うぞ」

「いや。こんなことになったのは、俺たちのせいではなく……」

今の声は誰だ？

そこにいたのは、ビンツー教授だった。

「なぜ、あなたがここに？」

「面白い質問だ。答えは、港の住民がボートを返してくれと煩《うるさ》いから、補償の交渉にたまたま船着場に来ていたら、君たちの帰還に居合わせてしまったということだ」ビンツー教授は砕け散った船体の一部を爪先でひっくり返した。「酷く汚れているな。ところで、こっちからも質問させて貰う。今まで、どこにいた？　そして、どうやってボートを壊した？」

「今まで、どこにいたのかは……わかりません。そして、ボートは壊した訳じゃなく、壊れたんです。……高波で」

ビンツー教授は目の上に手で庇《ひさし》を作って、海面を眺めた。「高波なんてどこにもないぞ」

「さっきはあったんですよ」

「まあ、瞬間的に高波が発生するということもあり得ないではないが、こんな湾内で発生するメカニズムは不明だ」

「俺も同感ですよ」

「じゃあ、納得のいく説明をしたまえ」

「それは……」

「るりぃーふだ」倒れたままの骨折博士が少し頭を上げた。「我々はるりぃーふにいたんだ」

ビンツー教授が骨折博士の発言に興味を持ったようだった。

「そして、Cth……Cの復活に立ち会った」骨折博士は苦しそうに息をしていた。

「嘘だ。あり得ない」ビンツー教授はあからさまに不快感を表した。

「嘘ではない。この船がCを粉砕したのだ」骨折博士はボートの破片を指差した。

「ふん」ビンツー教授は破片を見詰めた。「何か客観的な証拠はあるのか？　C復活を示すデータ、あるいは、映像などの？」

「何もない」骨折博士は力尽き、頭を地面に打ち付けた。

「ならば信用する訳にはいかない。そもそもCが復活したのなら、このような日常が続いている訳がない」

「俺たちがCの復活を目撃したのは現代ではないのです」竹男が言った。「この世界ですらないのかもしれません」

「おまえは何を言っとるんだ？」

「言っている通りのことです」

「骨折博士、君も同じ意見か？」

「その点に関して……わたしには言うべきことはなにもない」骨折博士は倒れたまま言った。

「つまり、おまえは自分たちが別の時空にいたとは信じていない訳だ」

「何か奇妙なことが起きたのは間違いない。例えば海底の隆起とか、奇妙な高速潮流の発生などだ」

「タイムトラベルよりはありそうなことだ。だが、残念ながら、おまえが言ったような現象は一切観測されていない。おまえたちは幻覚を見ていたのだろう」

「全員が同じ幻覚を見るということはあり得ません」みどりがなんとか身体を起こした。

「本当に同じだったのか？　同じものを見たと思い込んでいるだけなのではないか？　もしくは集団ヒス

テリーのような現象が起こったと考えるのが自然だろう」ビンツー教授は馬鹿にしたように言った。

「我々はCに対する貴重な体験をした。やつは超再生能力を持っている。戦うのは無理だ。戦わなくて済む方法を考えよう」骨折博士が言った。

「おまえたちの処分は後で考えよう」

「処分って何のことですか？　我々はやっと帰って来られたんですよ」竹男は抗議した。

「おまえたちは無断で丸二日間も姿をくらました。しかも、理由を聞くと、荒唐無稽《こうとうむけい》な作り話で上司を愚弄《ぐろう》した。充分に処分の対象だと思えるが？」

「ああ。もうどうでもいいです。今はただ休ませてください」

ビンツー教授が連絡すると、数名の調査メンバーたちがやってきて、三人を担いで宿舎まで運んでいった。

朦朧《もうろう》とする意識の中、竹男は担架の上で、ボートの破片を見て呟くビンツー教授の姿を見た。

「超再生能力か。……面白い」

10

「あいつはきっと戻ってくる。だから、あいつを捉える罠を仕掛けておく必要がある」ビンツー教授はどろどろに汚れた手帳を熱心に読みながら言った。

ここは調査本部にほど近い港と森の境界に当たる場所だ。

「調査本部の周辺には電気柵《さく》を敷設《ふせつ》していますし、街の中や屋敷内に何か所も隠しカメラを設置しています」ラカンカは自信たっぷりに言った。

「物理的罠もないに越したことはないが、それだけでは倒すことは難しいだろう。見たはずだ。あいつは、スタンガンでも猟銃でも倒せなかった化け物だ」

「だとしたら、我々だけではとても無理です。この国の警察に応援を頼みましょう」

「警察に通報してもメリットはなにもない」ビンツー教授はいつものように小馬鹿にしたような調子で言った。「まず、第一にあの屋敷の存在がこの国の官憲に明らかになってしまう。あれは我々が独占すべき知識の宝庫だ」

「あの納屋がですか？」

「あれはただの納屋などではない。そして、第二に結局この国の警察にはやつを倒すことも捉えることもできないからだ」

「どうしてそう言えるんですか？　この国の警察は結構優秀だそうですよ」

「警察は既知の科学以外は信用しない建て前だからだ。そうでないと、呪術師までいちいち捕まえなければならなくなる。だが、未知の科学を利用しなければ、あいつを倒すことは決してできない。そして、未知の科学は、無知な者には単なるまじないにしか見えないのだ。わたしは既知の科学も未知の科学も、両方を扱えるのだ。警察など必要ない」

「未知の科学というのは、その汚い手帳に書かれているのですか？」

「この手帳だけだとあまり意味はない。だが」ビンツー教授は懐からさらに汚れた本を取り出した。「この『ネクロノミコン』と突き合わせてみれば、面白いようにすらすらと解読できるのだ」

「あの怪物がその手帳に書きこんだんでしょうか？」

「あいつの話を信ずるなら、書き込んだのはあいつの祖父だ。おそろしく頭はいいが、性格的に異常な男だったらしい」

「どうして、そんなことがわかるんですか？」

「たとえ、どんなに高い知能を持っていたとしても、普通の神経の持ち主なら、これだけの文章を書き上げる前に発狂していただろう。いや。すでに発狂してしまっていたのかもしれないが」

「その人物はどこからその知識を得たんでしょうか？」

「おそらく世界中から古文献を集めたのだろう。通常のルートで入手できないようなものは、なにか犯罪的な手段で手に入れたと考えられる。唯一その人物が手に入れられなかった文献——それがこの『ネクロノミコン』なのだ」

「あいつはその本を何ページか読んでましたよ」

「それが気掛かりなのだ。あいつは断片的な知識からでも、何かおそろしいことを実行できそうな気がする。やつが何かを始める前に捕獲する必要がある。その必要がある場合は、殺害してもやむを得ない」

「捕まえるにしても殺すにしても、どうすりゃいいんです？　電気柵も銃も駄目だとすると」

「霊的な罠だ」

「霊？」

「ああ。確かに『霊』というのは胡散臭い響きだ。だが、わたしのいう『霊』とは幽霊を指す言葉ではない。この四次元連続体の範疇《はんちゅう》に入らないもののすべてのことを、わたしは『霊的存在』と定義している。つまり、既存の科学で扱えない代物《しろもの》のことだ」

「さっぱりわかりませんが」

「わかる必要はない。おまえはわたしの指図通り、万事整えればいいのだ」

「はい」

「まず、この港の周囲の防衛線だが、完璧にする必要はない。ただし、手を抜いてはいけない」

「それは難しいですね」

「要は普通にすればいいのだ。完璧すぎてあいつが侵入できなくては困る。かと言って、わざと手を抜いているのがわかれば警戒して入って来ないだろう。まあ、おまえたちのすることだから、完璧はあり得ないだろう。いつも通りにやれば問題ない」

「了解しました」

「それから、あの犬は始末しろ」

「えっ？　どの犬のことですか？」

「あの女の連れている犬に決まっているだろう」

「どうして、始末する必要があるんですか？」

「あいつは犬を怖がって逃げ出したんだ。犬がいてはここに戻ってこないかもしれない」

「始末しなくても、しばらく余所に置いておけばいいでしょう」

「始末しろ。ことあるたびに遠くに預けにいくのは不効率だ」

「しかし、犬は飼ってもいいと」

「犬を飼わせない、いい口実ができた。夜までに始末しろ」

「……」

「どうした？　不服か？」

「いいえ。おっしゃる通り始末いたします」

「あとは罠の設置だけだ。ついて来い」

二人は森の中へと分け入った。

「おそらく、あいつは森の中を通ってくるだろう。その方が目立たない」ビンツー教授は白い粉末の入った小壜《こびん》を取り出した。「これはイブン・ハジの粉だ。わたしが呪文を唱え始めたら、一つまみ、この辺りの地面に撒いてくれ」

「これは何ですか？」ラカンカは胡散臭いものを見る目で小壜を眺めた。

「だから、イブン・ハジの粉だと言っとるだろ」

「毒ではないですか？」

「大丈夫だ」

「毒ではないんですね？」

「だから、大丈夫だと言っとるではないか」

「毒なんですか？　毒じゃないんですか？」

「何だ、その反抗的な物言いは？」

「先生が答えをはぐらかすからです。わたしも命は惜しいですからね」

「抜け目のないつもりか？　ああ。正直に言うと、厳密な毒性の検査は行っていない。しかし、それは既知の毒でないことは確かだ。また、製造したわたしもぴんぴんしている。毒だとしても大量に吸い込んだりしなければ大丈夫だろう」

「放射能は帯びてないですか？」

「厳密に言うなら、自然界の殆どすべてのものは放射線を発しておる。わたしやおまえも含めてな」

「健康を害する程の放射能を帯びてないかということです」

「ああ、もちろんだ」

「測定したのですか？」

「測定はしていない。だが、それは放射性物質ではない通常の材料から作り出したものだ。起こっているとしても、化学反応だけだ。だから、安心してもいいだろう」

「先生に触って貰っていいですか？」

ビンツー教授は小壜の蓋を開けると、ごく少量をぱらぱらと自分の掌に掛けた。そして、壜をラカンカに押し付けた。

「……どうもすみません。疑っている訳ではないのですが」

「明らかに疑っていた。だが、わたしはそんなことは気にしない。大人物だからな。さあ始めるぞ」

ビンツー教授は奇妙なロボットダンスのような身振りをしながら、意味不明の呪文を唱え始めた。

ラカンカは常軌を逸した上司の言動をしばらくぽかんと眺めていたが、そのあまりにコミカルな動きや発音に思わず笑いそうになり、慌てて口を押えた。

ビンツー教授は早く撒けと目で合図してきた。口は呪文を唱えるのに忙しく、手は身振りを作るのに忙しいので、目を使うしかないようだ。

ラカンカはビンツー教授の足下にぱらぱらと粉を撒いた。

すると、ビンツー教授は奇妙な身振りで呪文を唱えながら、森の中を歩き始めた。

ラカンカも後を追いながら、粉を撒いた。

その様子は、粉を撒くラカンカも含めて、未開な地の原住民たちの祭りでの歌や踊りのように感じられた。

しばらく森の中を行ったり来たりした後、ビンツー教授は踊りながら、調査本部の方へと向かった。

途中でメンバーや住民と出会うと、彼らは二人を物珍しそうに眺めていた。

「まだやるんですか？」ラカンカは言った。「ちょっと恥ずかしくなってきたんですけど？」

だが、ビンツー教授はラカンカの質問には全く答えず、歌と踊りを続けていた。

つまらない質問のために、呪文と身振りを中断する訳にはいかないのだ。途中で詰まったら、また最初からやり直しになってしまう。

メンバーはラカンカが最初にしたようにぽかんとしているだけだったが、住民たちはしばらく見た後、顔を顰め、その場に唾を吐いて去っていった。

どうやら、呪文か身振りが彼らの禁忌に触れるようだったが、ビンツー教授は構わずに呪術を続けた。

ビンツー教授は踊りながら、本部の周りを一回りすると、今度は建物の中に入り、各部屋を順番に訪れた。

その場にいたものは呆気にとられたが、ビンツー教授は構わずに歌と踊りを続け、ラカンカは真っ赤になりながら俯いて、粉を撒き続けた。

そして、ようやくすべての部屋に霊的罠を仕掛け終わった頃には、二時間が経過していた。

ビンツー教授は自分の部屋に戻り、ソファに深々と座った。

「ああ。疲れた」

「はい。疲れました」ラカンカは汗だくになっていた。

「おまえは粉を撒いていただけではないか」

「いえ。精神的には相当の重労働でしたよ」

「重労働と言えば、もう一つ仕事が残っているのを忘れるなよ」

「はっ？」

「犬の処分だ。星辰の配置によると、あいつは今晩中にここを襲うはずだ。日暮れまでに必ず処分しておけ」

「はい」ラカンカはとぼとぼと出ていった。

その日の夕暮れ、港に悲しげな犬の悲鳴が響き渡った。


真夜中の頃、森が騒がしくなった。

ふだん霊感を持たない者たちまでもが、ぞくぞくとした感覚に襲われ、一斉に目を覚ました。

ビンツー教授は自室のソファに座りながら、ほくそ笑んだ。

この強い反応は、あいつが霊的罠に引っ掛かったことを意味する。おそらくその場で死ぬことはないだろうが、ここに到着する頃には相当に弱っているはずだ。最後の止《とど》めはわたしが下す。『ネクロノミコン』を直接朗読しながらの呪詛には、相当の効き目があるはずだ。

屋敷の周辺がざわざわし始めた。

強風なのか地震なのか俄かに判別がつかなかったが、建物自体が微妙に震動しているのだ。

おかしい。

ビンツー教授は首を捻った。

いくらなんでも反応が強過ぎる気がする。だが、きっと、霊的罠が強力過ぎたのだろうと、思い直した。

このぶんだと、あいつはこの部屋に到達する前に力尽きるかもしれないな。まあ、それならそれで構わない。目の前であいつが滅びる様子を見たかったのだが。

警報が鳴り響いた。

屋敷のすぐ近くまで来たのだ。

待機していたスタッフや猟銃を持った住民が外に飛び出していく。

今度はちゃんと仕事をしてくれよ。

ビンツー教授は監視カメラのモニターのスイッチを入れた。

入歯の姿が映し出された。

ビンツー教授はモニターの角度や明度を微調整した。そして、その後自分の目を擦った。

どうやら見間違いではないらしい。

入歯の姿はかなり変化していた。

まず一番目を引いたのは、その身長だ。数日前に会ったときには百九十センチ前後であったが、今はどうみても二メートルを超えている。正確な値はわからないが、画面に映っている門の大きさから見て三メートル近くあるように見えた。

前回と同じ服を着ているらしく、彼の巨大化に伴って、あちこちが引き裂けていた。そして、その隙間から彼の肉体が露《あらわ》になっていた。

常に冷静沈着な行動をとるビンツー教授だったが、その彼が激しい吐き気を覚え、思わず口を押さえてしまった。

その皮膚は人間のものというよりは、鰐《わに》などの爬虫類のようなものに見えた。そして、本来の手の他に吸盤の付いた触手が無数に発生していた。それは様々な色を持ち、それぞれが別々の意思を持っているかのように蠢いていた。

さらに不気味なのはその下半身だった。それはもはや人間の形には似ても似つかなかった。むしろ巨大な恐竜のそれにしか見えなかった。しかも、未発達な巨大な眼球や唇や歯のようなものが無秩序に発生していた。

この姿の変化が入歯の独自の成長によるものなのか、もしくはビンツー教授の仕掛けた霊的罠が発動したため、本来の姿が暴き出されたものであるのか、俄かには判断できなかったが、ビンツー教授は非常に興奮していた。

「ラカンカ、すべての監視カメラは録画されているな？」ビンツー教授は通信機に呼び掛けた。

「はい」

「この怪物は実に興味深い。こいつを分析すれば、C研究は随分と捗《はかど》るだろう」

「では、生きたまま捕獲しますか？」

「いや。殺せ。わたしはそれほど楽観論者ではない。こいつを生け捕りすることなどできる訳がない。殺すんだ！　今すぐに！」

「攻撃開始！」

数本のテーザー銃が入歯に向かって発射された。それは弾丸のように飛ぶ電極で、相手の皮膚に突き刺さった後、高電圧を掛けて身動きできなくなる武器だ。それに耐えられる人間などいはしない。

手緩《ぬる》いな。

ビンツー教授は部下たちの不用心さに失望した。

入歯は自分の肉体に刺さった電極をしばらく見詰めていた。すでに電圧が掛かっているはずだが、苦しんでいる様子はない。

何をぐずぐずしている！

ビンツー教授は歯軋《はぎし》りをした。

それぞれの電極と発射した銃は導線で結ばれており、それで電力を供給する仕組みだ。

軽い摩擦《まさつ》音を立てながら、入歯の触手は高速で導線を逆に辿り、発射したそれぞれのスタッフの元に辿り着いた。

気付いて逃げようとしたときには、もう手遅れだった。

触手は彼らの胴体を貫通していた。心臓を貫かれた者たちはもちろん即死だったが、肺が破裂した者、脊髄《せきずい》を粉砕された者も長くはもたないだろうと思われた。彼らは呻き声さえ上げることなく、その場でじっと蹲っていた。ただ、血溜まりだけが静かに広がっていく。

馬鹿者どもめ、勝ち目があるとでも思ったのか？　すぐに逃げて、後は因襲鱒顔のやつらに任せればよかったのだ。

銃声がなり響いた。

今まで、スタッフが邪魔で撃てなかった住民が一斉に猟銃を発砲したのだ。

入歯は全身から出血した。しかし、散弾の数をどう少なく見積もっても、この程度の出血で済むはずがなかった。それどころか、数秒後にはもう血は止まりつつあった。

猟銃は続けて発砲された。だが、入歯にダメージがある様子はない。それどころか、その顔は怒りで変形し、もはや人間のものではなくなっていた。口からは牙が溢れ出し、顔面は罅割れ、眼球が飛び出し、その頭部には奇怪な蟹《かに》の爪のような突起物が現れた。

そのときになって、ビンツー教授はスピーカーを使えば、屋敷の外の人間に呼び掛けることができるのに気付いた。ただし、その声は入歯にも聞こえてしまうというデメリットはあったが、今は背に腹は代えられない。

「顔を狙え！　その生物の体内構造がわからない以上、心臓などの急所は狙えない。だが、顔を潰せば高確率で動きを封じられる」

住民たちはしばらくビンツー教授の命令に従わなかった。元々快く思ってはおらず、今日やってきたのも或差路に無理強いされてのことだったからだろう。だが、入歯が彼らを目掛けて走り出したのを目撃した瞬間、反射的に発砲した。その命中箇所が顔面に集中したのは、ビンツー教授の助言にしたがったのか、偶然だったのかは定かではなかった。

入歯の顔面は大きなダメージを受けた。その顔面はぐちゃぐちゃになり、眼球や骨や筋肉や牙は飛び散り、下顎《したあご》は千切れ飛んだ。

だが、入歯の動きは全く鈍らなかった。そのまま住民たちの中に突入した。

住民たちはパニックとなり、やたらと発砲したが、周囲には仲間が大勢いたため、当然ながら同士討ちとなってしまった。彼らの全身に散弾がめり込み、酷い状況になった。辺り一面血の海となり、その中で魚の顔をした人間たちがのた打ち回っている。

入歯はその中を、屋敷の玄関へ向かって通り過ぎようとした。

そのとき倒れていた住民の一人が起き上がった。どうやら、入歯の隙を狙うため、死んだふりをしていたらしい。思い切り腕を伸ばし、銃口の先を入歯の首に当て、ゼロ距離で引き金を引いた。散弾は入歯の首を貫通し、肉片を撒き散らした。

入歯は振り返りもせず、手刀で今自分を撃った住民の首を刎《は》ね飛ばした。

周囲にはまだ何名かテーザー銃やスタンガンを持ったスタッフがいたが、もはや誰も入歯に近付こうとはしなかった。

入歯は玄関に到達した。

もちろん、入り口のドアには厳重に鍵がかけられていたが、入歯はいとも簡単に蹴破った。だが、天井が低いため、そのままでは入れず、入歯は四つん這いとなった。そして、そのまま、廊下を凄まじい速さで這い出した。

ビンツー教授はやや不安になった。

入歯が防衛線を突破してくるのは、想定内だった。だが、あれだけのダメージを受けながら、入歯の動きが全く鈍らないのは想定外だった。もし、ビンツー教授の部屋に到達できたとしても、そのときは息も絶え絶えのはずだったのだ。こいつは顔面がほぼ破壊されているのにも拘わらず、何の不都合もなく、こちらへ這いずってくる。

ビンツー教授は当初の計画通り、この部屋で入歯を待ち受けるか、それとも計画を変更して逃げ出すか迷った。

逃げる場合、廊下に出たら、まず生きてはこの屋敷から出られないだろう。だとしたら、窓から逃げ出すか？　その場合、やつもまた窓から飛び降り、瞬時にして追いつくだろう。背後から狙われたら、ひとたまりもない。『ネクロノミコン』は奪われ、自分は細切れにされてしまうだろう。

やはり当初の予定通り、ここで待ち受けるしかない。

ビンツー教授は『ネクロノミコン』のページを繰り、そして粉末の入った小壜の蓋を開けた。

さあ、来るなら来い。

「ビンツー、監視カメラで俺の姿が見えるんだろ？　今は俺の声も聞こえるんだろ？」聞いたこともない悪魔のような声が壁を通して聞こえてきた。

「誰だ？」ビンツー教授は思わず呟いてしまった。

「俺だ。右影鶏入歯だ」

「嘘だ」

「なぜ嘘だと思う？」

「おまえの下顎はなくなった。絶対に喋れないはずだ」

怪物が笑ったら、こんな声だろうと想像した通りの声がした。「おまえたちは口が一つで、本当に損をしているな」入歯は全身を包んでいた襤褸布を脱ぎ捨て、ほぼ全裸となった。

「ビンツーよ。俺は喋っている」またもや不気味な声が聞こえた。「俺は顔にある口がそれほど重要な器官だとは思っていない。なぜなら、口など、他にもたくさんあるからだ」

入歯は方向転換をし、臀部《でんぶ》をカメラの方に向けた。

口のように見える組織の一部が動いていた。「見えるだろ？　ここにも口はあるんだ」

今度は後ろ向きに、廊下を這い出した。

ビンツー教授は慌てて粉を掌に取り出し、呪文を唱え始めた。

凄まじい轟音だった。

ドアではなく、壁が消し飛んだ。

怪物は凄まじい速度で飛び掛かってきた。

ビンツー教授は粉を撒きながら、高らかに詠唱《えいしょう》した。

だが、それはすぐに途切れた。

入歯の触手が鞭のように撓《しな》り、ビンツー教授の胴を打ち、壁に叩き付けた。

小壜は砕け散り、そして、『ネクロノミコン』はページがばらばらになり、床の上にはらはらと広がり落ちた。

入歯は触手を使い、落ちたページを一枚ずつ拾い集めた。

「おまえにそれを渡しはしない」ビンツー教授は懐から拳銃を取り出した。

「いくらなんでも、それは違法だろう」入歯の尻の口が言った。

「この国の法律などどうでもいい」ビンツー教授は引き金を引いた。

背中の辺りに当たったが、やはり出血は殆どなかった。

「おまえ、俺が銃弾を受けても死なないから痛みもないって思ってないよな？」

「あるのか？」

「ああ。とても痛い。焼け付くようだ」

「いい気味だ」ビンツー教授はさらに発砲した。

入歯の触手の一本が銃を持つビンツー教授の手首に絡まり、強烈に締め付けた。

「うわっ！」ビンツー教授は悲鳴を上げ、拳銃を取り落した。「やめろ。手首が折れそうだ」

「おまえが法律をどうでもいいと思うように俺もおまえの手首などどうでもいい」入歯は床の上を這い、ビンツー教授が落とした拳銃を拾った。「捻り殺してもいいんだが、これで殺すのも一興だな」

ビンツー教授の顔に銃口が押し付けられた。

「口の中がいいか？」

銃は拒絶するビンツー教授の口のなかに強引に捻じ込まれた。

前歯が音を立てて折れ、ぱらぱらと零《こぼ》れ落ちた。

「それとも鼻か？」

銃はビンツー教授の二つの鼻の穴の間に押し付けられた。軟骨がばりばりと音を立てた。

「それとも、目がいいか？」

銃はビンツー教授の右目に押し付けられた。眼球を変形させながら、銃口がずぶずぶと眼窩《がんか》の中に侵入してくる。

ビンツー教授は悲鳴を上げた。

「おっさんの悲鳴は可愛くないね。ではそろそろ……」入歯は銃を取り落した。

その手首には一匹の柴犬が噛み付いていた。

「ラッシー!!」メアリーが部屋に駆け込んできた。

続いてラカンカもやってきた。

ビンツーは片目を掌で押さえながら立ち上がろうとしたが、そのまま崩れるように床に座り込んでしまった。

「この犬は殺したのではなかったのか？」ビンツー教授がラカンカに尋ねた。

「殺そうとはしたんです。だけど、道具を忘れたもので、森の木にロープで括《くく》りつけて、いったん戻ってきたんです。それがまあ、そのままになってしまって」

「まあ！　ラッシーを殺そうとしたんですか!?」メアリーはビンツー教授を非難がましい目で見た。

「木に繋いであったものが、どうしてここにいるんだ？」

「おそらく自分でロープを食い千切ったんでしょう」

「こいつは飼い犬だろ？　なんでリードを自分ではずしたりできるんだ？」

「柴犬は紀元前一万年頃から、日本人と共に暮らす狩猟犬なのです」メアリーが説明した。「だから、彼らは飼い主が近くにいないとき、もしくはなんらかの理由で飼い主が命令を発することができないとき、自らの判断で行動するのです」

「そう言えば、飼い主の子供が熊に襲われていたとき、命令を受けていないのに、自発的に飼い主の子供の元に駆け付けて熊を撃退したという話を聞いたことがある」ラカンカが思い出した話を披露《ひろう》した。

「そして、柴犬は最も狼に近い遺伝子を持つ犬種の一つです。だから、その戦闘能力も極めて高いのです」

入歯はラッシーを掴もうとした。だが、捕まる瞬間、ラッシーは入歯の手を擦《す》り抜け、次々と別の部分に噛み付いた。

触手はそのまま噛み千切り、指の骨はばりばりと噛み砕いた。

入歯は咆哮し、必死にラッシーを捕まえようとしたが、自分の血で滑ってしまい、なかなか体勢を安定させることができなかった。

ラッシーは入歯の背中に飛び乗った。

入歯はラッシーを掴もうとして、身体を捻った。そのせいでバランスを崩し、首の辺りががら空きになった。

ラッシーは入歯の喉笛《のどぶえ》に噛み付いた。

「その顎の力は、ほぼ百キロに達します」

ぱつんという何かが割れる音が聞こえた。

ラッシーは入歯の身体から飛び退《の》いた。

入歯の喉の辺りから粘度の高いペンキのような液体がどばどばと流れ出した。

入歯は一度立ち上がろうとした。

だが、そのまま俯《うつぶ》せに倒れた。

ラッシーはメアリーの元に走った。

11

「犬を殺しておかなかったのはおまえの手抜かりだ」ビンツー教授はラカンカを指差した。

「えっ？」

ラカンカだけではない。その場の全員が驚いた表情をした。

「おまえはわたしの命令通り犬を処分しなかった。おかげでこの様だ」

「いや。ラッシーは先生の命を救いましたよ」

「それは結果論に過ぎない。おまえは、わたしの命令に背《そむ》いて、計画を危険に曝《さら》した」

「ちょっと何言ってるかわかりませんけど？」メアリーが文句を言った。

「わたしは極めて明確な物言いをしている。この犬が騒げば、入歯がこの港に近付かない可能性があったのだ。だから、わたしはラカンカに犬の殺処分を命じた。ところが、こいつは犬を殺さずに山の中に匿《かくま》ったのだ。おかげで危うく計画は頓挫《とんざ》するところだったのだ」

「ラッシーは騒いだりしなかったし、それどころかあなたの命を救いましたけど？」

「だから、それは結果論なのだ。君が信号無視をして怪我をしなかったら、君の信号無視の罪はなくなるのか？」

「いえ。それとこれとは……」

「君が信号無視をしたおかげで、ハンドルを切り損ねて事故を起こした車の運転手がたまたま凶悪犯で、逮捕に貢献したとしたら、君の信号無視の罪はなくなるのか？」

「言いたいことはわかります。ただ、それはあまりに杓子定規です」

「ふむ。つまり、君は自分の犬が殺されそうになったことで、わたしに腹を立てているという訳か」

「そもそもラッシーを殺す必要はなかったと思います」

「殺す以外にどんな手があったというのか？」

「近くのペットホテルに預けるとか……」

「そんな非効率なことはできない。利用料が掛かる上に往復の時間が無駄だ」

「団長、あなたは最低の上司です」

「君は大きな勘違いをしている。ペットを持ち込む行為自体が規律違反なのだ。それをわたしは寛大に黙認した。感謝して貰ってもいいぐらいなのに、逆恨みをするとは、全く呆れた人間だ。軽蔑するよ」

「犬を殺そうとする人間に軽蔑されることは気になりませんよ」

「罰として、君にはここでの分析任務を解き、別の特別な任務を与えることにする」

「わたしもですか？」ラカンカが不安そうに言った。

「おまえはこのままだ。間抜けと言えど、おまえにはわたしの補佐としてのこれまでの経験がある。いなくなると不便だ」ビンツー教授は苦々しげに言った。

「わたしの任務とは？」メアリーは尋ねた。

「この港から山をいくつか越えた先に、地林瓦斯戸《ちりんがすと》という集落がある。そこに馬子崎堅朗《まござきけんろう》というどこかの大学の助教をしている変人学者が住んでいる。そいつの研究を盗め」

「ぬ、ぬ、盗むんですか？」

「そうだ。盗み出せ」

「そんなことをしなくても、普通に提供して貰えばいいんじゃないですか？　研究費を出すと言えばＯＫしてくれるでしょう。ＣＡＴの資金は潤沢《じゅんたく》ですし」

「今、言った通り、馬子崎は相当の変人なのだ。金などで動く様なやつではない」

「だったら、丁寧にお願いすればいいんじゃないですか？」

「じゃあ、君がやってくれ。明日の朝、一番でだ。そうそう。あと二人、君に同行する。この二人も懲罰的な意味合いでいって貰う。勤務中に、数日間姿をくらました罰だ。こともあろうに、その間にR'ly……Ｒに行ってきたなどと適当なことを言っとるのだ」

「わかりました」メアリーはすぐに引き下がった。屈した訳ではない。その馬子崎という人物に興味が湧いてきたのだ。ついでに、るりぃーふに言ってきたと主張する二人にも。

「ラカンカ！」

「はい」

「入歯の遺体の保存処理をしておけ。難しければ、とりあえず冷凍処理でもかまわない。——あれはＣ対策のための材料の宝庫だ。わたしは……医務室で治療を受けてくる」ビンツー教授は挨拶もせずに外に出ていった。

ラカンカは遺体の方を見た。

そこに遺体などはなかった。

すっかり溶けてしまっていたのだ。


「ビンツー教授はその怪物の正体を知ってそうだったの？」山道を歩きながら、みどりはメアリーに尋ねた。

「ええ。昔、アメリカでよく似た事件があったそうで、撃退するのに自信たっぷりだったわ。だけど、仕掛けた罠はどれも役に立たなかった。入歯を倒せたのは、ラッシーのおかげよ」

「それなのに、ビンツー教授はラッシーを殺せと言ったのよね？」

「そう。信じられないでしょ。でも、ビンツー教授は照れ隠しとかツンデレとかそういうものではなく、本当にラッシーに命を助けられたことに感謝していないみたいなの」

「結局、入歯はビンツー教授の考えていた存在ではなかったってことかな？　それとも、ビンツー教授は間違ってはいなかったが、なんらかの理由で相手も進化していたってことかな？」二人のすぐ後を歩いている竹男が言った。「そもそもあいつの正体は何だって？」

「ビンツー教授によると」メアリーが答えた。「人間の女に生ませた、Yog……Yの息子だそうよ」

「へえ。Yって、雄だったんだ」

「気を付けて、CATのメンバーはそういう物言いをとても嫌うわ」

「そういう物言いって、どういう物言い？」

「旧支配者を動物扱いするような物言いよ」

「でも、もし彼らが人類と別種の生命体だとしたら、動物だと考えるのが自然だろ？　それとも、植物だという明確な証拠でも見付かったか？」

「たぶん、そういうことではないと思うの。みんな旧支配者の逆鱗《げきりん》に触れるのが怖いのよ」

「怖い？　みんなで、Cを倒す研究をしているのに？」

「厳密に言うと、全員がCを倒そうとしている訳ではないのよ。Cと戦ってはいけないと考えている一派もいる」

「どちらにしても、Cの存在を信じているのだ」竹男は呆れたように言った。

「でも、あなただって、Cを見たんでしょ？」

「ああ。確かに頭足類と龍が合体したような怪物は見たよ。だけど、それをもって、Cを見たと言えるかどうか」

「頭が蛸の巨大生物を見たら、わたしならCだと思うわ」

「俺たちもそう思ったよ。だけど、今になって考えると不思議なんだ。あれは本当にCだったのか？」

「じゃあ、やっぱりビンツー教授の言う通り、幻か何かだったと思ってるの？」

「いや。あれは現実だったと思ってるよ。でも、Cそのものだったのかどうか」

「Cに似て非なる別の怪物だったとか？」

「Cでないと言い切っていいのかどうか……」

「どっちなの？」

「二人とも、どうやらあの集落のようよ」ビンツー教授から渡された手書きの地図を見ながらみどりが言った。

それは調査本部が置かれた港町とはまた違った不気味さの漂う山村だった。家の数はざっと見たところ十数軒で、目的の馬子崎家はその中でも大きな家の部類に入った。

港も活気のない場所ではあったが、ここはもっと酷かった。集落に入っても、人影がなかった。

「どうする？」みどりが言った。「一応、村人に馬子崎氏の評判を聞こうと思ってたんだけど、誰もいないみたいだからいきなり本人に突撃する？」

「それはどうかな？」竹男は考えた。「そこで研究結果の提供を断られたら、後は本当に盗むしかなくなってしまう。もっと、相手の情報を集めてから会った方がいいんじゃないか？　集落の中をしばらく歩いて、誰か探してみよう」

集落と言っても、差し渡し二百メートルほどの範囲に収まってしまうぐらいなので、三十分ほどで二、三周できてしまった。そして、その間、誰にも出会わなかった。

「これはもう無理ね」みどりが言った。「三択よ。人に出会うまで、この村の中をぐるぐる歩き回るか。今日はもう出直すか。思い切って、どれかの家を訪ねてみるか」

「ぐずぐずしてたら、帰りは夜になってしまうわ。日が暮れてから、あの山の中を歩くのは避けたいところだわ。最近、夜中に変な声が聞こえるし」メアリーが言った。

「それは初耳だよ。どんな声？　人間？」竹男が興味を持ったようだった。

「人間みたいだけど、人間にしては大き過ぎるわ」

「スピーカーを使ってるんじゃないか？」

「電気的なノイズが含まれてないから、たぶん違うと思う」

「その話、今じゃなくてもいいわよね？」みどりが割って入った。

「もちろんだ」竹男が答えた。

「で、どうする？　出直す？　どれかの家を訪ねる？」

「出直す意味はあんまりないような気がするな。次に来たときに人でごった返しているってことはなさそうだ」

「じゃあ、行き当たりばったりで訪ねるのね」みどりはそのとき一番近くにあった家に向かった。

「おい。まずどの家にするか検討して……」

「どの家だって一緒よ。……失礼します！　国連の調査団のものです！」みどりは大声で呼び掛けた。

「国連？」竹男は怪訝《けげん》な顔をした。

「CATだなんていきなり言って、わかる訳ないでしょ。国連って言っとけばいいのよ」

「まあ、後で違うと言って、訴えられることもないだろうし、いいか」

何度か呼び掛けていると、扉ががたがたと開き、中から人影が現れた。

「すみません。わたしたち、国連の……」

「因襲鱒の港から来たのか？」それは八十歳にもなろうかという老人だった。三人を睨み付けている。

「ええと。確かに、今はあそこにいますが、あそこの住民という訳ではなく……」

「そんなことはわかっとる。あんたらの顔は因襲鱒顔じゃない。人間のものだ」

港の人たちが人間でないとでもいうような言い方だわ。随分と差別的な発言ね。

メアリーは思った。

彼女は日本語を話すのはまだあまり得意ではなかったが、聞き取りはおおよそできるようになっていたのだ。

「いったい何の目的で、あの港におるんだ？」

「調査です。ご存知ないかもしれませんが、あの辺りは特殊な場が存在して……」

「ああ。この辺りの珍しい地形を調べてるんですよ」竹男は慌てて割って入った。

村人に不信感を持たれないようにという配慮だろう。

「悪いことは言わん。あんなやつらとは付き合わん方がええ」老人は明らかに不快そうな表情を浮かべた。

「別に付き合ってる訳じゃないんです。単に調査に協力していただいているだけで」

「わしらは協力せんぞ」

「えっ？」

「馬子崎の餓鬼《がき》が『この辺は特殊な場と特殊な緯度経度に恵まれているから、実験に適している』とかいいおって、おかしな装置を組むから、この辺りに化け物がしょっちゅう現れよる。全くいい迷惑だ」

「この場所が特殊だと言ったんですか？　その馬子崎さんが？」

「なんだ。あんたら、馬子崎堅朗のこと知らんのか？　あいつに会いに来たんではないのか？」

「いや。知ってますし、実のところ会いにきた訳ですが、その、どんな人物かわからないということもあって、近隣の方の話をお聞きしようと……」

「あいつとは関わらん方がええ。港のやつらと同じぐらい関わらん方がええ。港のやつらは人間じゃないが、馬子崎の餓鬼もどこまで人間なのか、わかったもんじゃない」そういうと、老人はぴしゃりと扉を閉めた。

　三人はしばらく無言で立ち尽くしていたが、最初に竹男が口を開いた。「ええと、今のやりとりはどう解釈すればいいんだ？」

「迷信深い村人が科学的調査を拒否した、という解釈でいいんじゃない？」みどりが言った。

「そんな単純な話じゃない。あの老人はこの地域が特殊な場であることを知っていた」

「馬子崎とかいう人の受け売りでしょ？」

「そうだとしても、馬子崎という人物はその事実を知っていたということになる。そして、何か奇妙な装置を作り上げたらしい」

「それこそ眉唾《まゆつば》よ。催眠術みたいなものなんじゃない？」

竹男が鞄の中から古びた装置を取り出し、スイッチを入れ調整を始めた。

「それは何？」メアリーは興味深げに見た。

「脳内電位測定装置さ」そう言いながらプローブを頭に被った。「やはりそうだ。異常な数値が出ている」

「それって、あなたの脳が異常活動しているってこと？」メアリーは竹男から少し距離をとった。

「まあ、異常と言えば異常なんだけどね。みんなが異常になったら、それが新たな正常だとも言える」

「みんなってどういうこと？」

「みんなってことだよ。たぶん、君の脳も異常活動しているはずだ」竹男は自分の頭からプローブをはずすと、殆ど避けようのない素早さで、メアリーの頭にプローブを被せた。

メアリーは悲鳴を上げたが、竹男は構わずに測定した。

「ほら、君の脳も異常だ」メアリーはプローブを脱ぎ、地面に叩き付けた。

「おっと。乱暴に扱うのはよしてくれよ。この部品はたぶんもう二度と手に入らないから」

「そんな訳のわからないものを頭に付けられて平気な訳がないでしょ」

「だったら、仕方がない。自分で付けるか」竹男は叩き付けられて歪んだプローブの形状を指で整え、再び頭に被った。「測定はできるんだけど、何か変だ」

「壊れたの？　だとしたら申し訳なかったわ。修理は手伝う」

「いや。壊れた訳じゃないと思う。何かが干渉しているようだ」

「何かって？」

「たとえば、これをもっと複雑化したような装置とか」

「そんなものがこの村の中にあるのかしら？」

「信じがたいことだけどね。……あっ。ちょっと待ってくれ」

そういうと、竹男は装置をいじくり始めた。ついには穴を開け、内部を覗いた。

「わたしより激しく壊しているみたいだけど？」

「これは壊している訳じゃない。機能を少し改良したんだ。こうすれば、干渉している装置の場所がわかりそうなんだ」竹男は自分の頭をふらふらと振り回した。「どうやら、干渉波はこっちから来ているようだ」竹男はすたすたと歩き始めた。

メアリーとみどりも慌てて後を追う。

「また、変化があった。向こうは移動を始めた」

「どういうこと？」メアリーが尋ねた。

「こっちの移動に呼応して向こうも移動を始めたんだ」

「それって、こっちの動きも向こうに知られてるってこと？」

「そういうことになるね」

「一度出直した方がいいんじゃない？」

「どうして？」

「だって、向こうに悪意がある可能性がある訳だから、準備なしでコンタクトするのはまずいんじゃない？」

竹男はすたすたと歩きながら顎に手を当てて考え込んだ。

「何を考えているの？」

「メアリーが言った提案の妥当性についてだ」

「彼女の言ったことは、至極まともだと思うけど」

「君が妥当だと思うのは、情報不足によるものかもしれない」

「わたしが知らなくて、あなたが知っている情報があるというの？」

「……たぶん」

「いったいどんな情報なの？」

「それは……相手が至近距離にいるってことだ」

突然、横道から初老の男性が飛び出してきた。

「わっ！」

「わっ！」

竹男とその男性はぶつかってしまい、同時に尻餅を突いた。

メアリーとみどりが驚いたのは、その男性の恰好《かっこう》が竹男とそっくりだったからだ。もちろん、姿形は全然違うのだが、手に測定器を持ち、頭に大きく奇妙な電極を取り付けているという意味でそっくりだったのだ。

「おまえは何者だ!!」最初に怒鳴ったのは初老の男の方だった。髪も髭《ひげ》もぼさぼさで、上はシャツ一枚で下は半ズボンだった。絵に描いたような変人の姿だ。

「松田竹男と言います。今日はCATの方から来ました」竹男は立ち上がりながら言った。

「おまえ、なんでわたしの装置を持ってるんだ?」男は跳ね起きた。

「これのことですか? これはCATの設備なんです」

「これを見ろ」男は自分の持っている装置を見せた。「おまえの持っているのと同じものだ」

「まあ、ちょっと見は一緒に見えますね」

「これは、我が家の財産だ。おまえが盗んだのか?」

「とんでもないことです!」竹男は慌てて弁明した。「ビンツー教授から渡されたものです」

「ビンツーだと!」

「ビンツー教授をご存知なんですか?」

「会ったことはないが、あいつが我が家の資産を盗んでいったことは知っている」

「もしそれが本当だとしたら、警察に訴えたらどうでしょうか?」

「そうよ。それがいいわ」メアリーが言った。

「そうは簡単にいかん」男は言った。「あいつは汚い手を使って、合法的に装置を手に入れやがったんだ。どういう理屈か理解できないが、とにかく拾得物《しゅうとくぶつ》扱いだそうだ。装置だけじゃない。大事な『ネクロノミコン』も持っていきやがった」

「じぁあ、ビンツー教授の持っている『ネクロノミコン』はあなたのものだったのですか？」

「実のところ、『ネクロノミコン』はうちにもう一冊残っているのだが、互いに異本で、二冊が補完関係になっている。即座に返して貰わなければ困る。わしはあいつを絶対に追い込んでやる」

「ところで、あなたは馬子崎助教ですか？」

「その通りだ」

ビンツー教授と似たり寄ったりの奇人だわ。

メアリーは思った。

「ビンツー教授は『ネクロノミコン』を合法的に手に入れたんでしょ？」メアリーは確認した。

「法律に疎《うと》い老人を騙したんだ。わたしなら絶対に渡さなかったろう」

「どちらかというと、わたしたちはあなたの味方です」みどりが言った。「でも、ビンツー教授を追いこむのは相当大変だと思いますよ」

「そうだろうな。それで、今日は何しにきた？　ビンツーにわしの発明を盗んでこいとでも言われたのか？」

大正解！　でも、そうだとは言えないけど。

「ピンポーン！　大正解です」竹男が正直に言ってしまった。

「絶対に渡さない」

「まあ、そうおっしゃることは予想していましたよ」

「で、どうするんだ？」

「あなたの装置の概要だけでも教えていただけませんか？」

「駄目だ」

「そうですか。でも、もうだいたいのところはわかってしまいましたが」

「嘘を吐くな」

「嘘ではありません。このデータを見てください。この場にいる全員の脳の状態が異常になっています。おそらく、あなたは脳の中の特定の部位を活性化させる研究をしているのでしょう」

「……なかなかの才能だな。ビンツーのところにいさせておくのは惜しい」

「いや。ビンツー教授のところにいるのは、一時的なんですよ。本当はＹＩＴＨ研究をしてるんです」

「それなら、できるだけ早く仕事を終えて本来の職場に戻ることだな。あいつの下にいたら、利用だけされて捨てられるぞ」

竹男は脳内電位測定装置の表示をメモすると頷いた。「今回のところは、このデータだけで、ビンツー教授に勘弁して貰うことにします」

「あいつが満足しなかったら？」

「そのときはなんとか、あなたの研究を盗む方法を考えます」

「本気なのか、冗談なのか、判断できん。全く食えない奴だ」それだけ言うと、馬子崎助教は挨拶もせずにぷいと後ろを向くと、去っていった。

「今、言ったのは本気なの?」みどりが尋ねた。

「半分本気だよ。だけど、実際には盗む必要はないと思ってる」

「そのメモでビンツー教授が満足すると?」

「まさか。そうじゃなくて、盗むのは無理だとビンツー教授に言えば、たぶん妥協してくると思うんだ。資金か別の科学情報か何かを馬子崎氏に提供して、その見返りに実験結果を得ようとするはずだ」

「そうだったらいいけど」

「きっとそうなるさ」

三人は夕暮れの近付く山道を港へと向かって歩き出した。

12

「なんだと？」ビンツー教授の顔は一瞬で険しくなった。「やつの研究を盗めなかったのか？」

「いや。盗めましたよ」竹男はメモを見せた。

「この数字の羅列《られつ》のことか？」

「この数字には意味があるんです。脳内の特定部位の電圧の変化ですが、一定の周期があり、これをフーリエ変換すると……」

「わたしはおまえにデータ解析を依頼したのではない」

「では、何をすればよかったんですか？」

「あいつの持っている装置を持ってくればよかったのだ。もしくは、あいつの持っているデータを」

「データはたぶん、これと似たり寄ったりだと思いますよ。これと、同じ測定器を持ってましたから」

「このデータで、あいつの持っているのと同じ装置を作れるか？」

「全く同じは無理でしょうね。作動原理がわかりませんから。でも、今、俺が設計している装置にすこし改良を加えれば、同じ機能を持たせることは可能だと思います」

「おまえが設計している装置？」

「脳の特定部位を活性化させる装置です。ただし、非接触ではなく脳の深部に電極針を刺し込んでそれに電圧を掛けるのです」

「電極針は一本でいいのか？」

「それはいくらなんでも無理でしょ」

「では、何本刺すんだ？」

「今のところ、数百本は必要ですね。今、最適化作業を進めているので、将来的には数十本まで減らせそうですが」

ビンツー教授の顔に失望の表情が浮かんだ。「馬子崎の装置を手に入れろ」

「だから、俺にだってできますって」

「脳に何百本も針を刺すのは問題外だ」

「どうしてですか？」

「危険すぎる」

「危険じゃないですよ。刺す前に頭部をきっちり固定すれば、問題ありません。ただ、固定が甘いとあれですけどね」

「あれとは何だ？」

「まあ、一ミリもずれたら、脳は壊れて元には戻らないってことです」

ビンツー教授は溜め息を吐いた。「まあいい。今はそれどころではないからな。緊急事態なのだ」

「何を焦ってるんですか？」

「右影鶏家は大変なことを企んでいたのだ。このままだとCの復活を待たずにこの世界は終わってしまう」

「先生の知識を以ってしても対応できないんですか？」

「本来はわたしの霊的な罠で消滅させるつもりだった。だが、先日の入歯の襲撃で、わたしの呪術は殆ど効果がないことがわかった」

「呪術はプロに頼んだ方がいいんじゃないですか？」

「いいか？　わたしは『ネクロノミコン』を持っている。そして、その解読をほぼ終えている。わたしを超える呪術師などまず存在しないだろう。我々はすぐにでも脅威に立ち向かわなければならないのだ」

馬子崎助教によると、彼の一族が持っていたのは二種類の異本であり、一冊だけでは意味が通らないということだった。たまたまそうなったのか、彼の先祖が意図的に仕組んだのかはわからないが、ビンツー教授の罠が作動しなかったことに関係あるのかもしれない。まあ、そのことをわざわざ教える必要はないか。

「いったいどんな脅威があるんですか？」

「Yの息子だ」

「そう言えば、そんな話を聞きました。でも、そんなことが可能なんですか？　邪神と人間が交わるなんて」

「ゼウスは何人もの人間の女に、子を孕《はら》ませたぞ。それに、多くの欧米人が信仰している宗教の教祖は、自らを神の子だと名乗っていた」

「後の方の例はまずいんじゃないですか？　まるで、神が人間の女に夜這いをしたみたいな印象になりますよ」

「そういう解釈でいいんじゃないか？……いや。さすがにまずいかな。……まあそういうことは今どうでもいい。問題はあの納屋にＹの息子が潜伏《せんぷく》しているかもしれないということだ」

「でも、入歯は死んだんでしょう？」

「ああ。死んで跡形もなく消えてしまった。溶けてこの家の床下に流れ出して土に浸み込んでしまった」

「だったら、もう問題ないじゃないですか」

ビンツー教授は首を振った。「まだ終わっていない」

「どうしてですか？　今の話の流れだと、入歯こそがＹの息子だったということになりませんか？」

「やつは双子だったんだよ」

「えっ？　じゃあ、入歯のような人間がもう一人いるってことですか？」

「いや。もう一人はもっと父親に似ていることだろう。そいつに較べれば、入歯など殆ど人間だと言っても構わないぐらいだ」

「人間から、そんな怪物が生まれるなんて考えられません。父親がそんなに人間離れしているなら、遺伝子が適合しないでしょう」

「Ｙにとって、遺伝子などどうでもいいのだ」

「そんな乱暴な」

「旧支配者たちはとてつもなく乱暴な種族だ。生物法則だけではなく、物理法則ですら自分の都合のいいように捻じ曲げることすら朝飯前だ」

滅茶苦茶な話だが、滅茶苦茶過ぎて反論のしようもない。

「それで、どうしようと言うんですか？」

「今から、あの納屋を襲撃する」

「あれは個人の持ち物でしょう。犯罪になりますよ」

「納屋の一つぐらいなら、政府を通じて警察に話を付けられる」

「ＣＡＴって、そんなに権力がある組織なんですか？」

「人類の存亡が掛かってるんだ。個人の権利や国家主権など、些末な話だ」ビンツー教授は引き出しから拳銃を取り出した。「おまえも持っておくか？」

「いや。やめておきます。日本では銃の所持は違法です」

「この国の法律は、この港では無効だぞ」

そんな言葉は簡単に信じられない。

「使ったことがないので」

「最近の銃は簡単なのに」

そのとき、ラカンカが部屋に入ってきた。

鎧のような防弾服を着、ヘルメットを被り、手には自動小銃、肩からは弾帯をかけていた。絵に描いたような重装備だ。

「一同、準備できました」ラカンカは敬礼しそうな勢いだった。

「では行こうか」ビンツー教授は竹男の方を見た。「おまえも来い。例の測定器を持ってだ。怪物の動きを知るのに役立つかもしれない」

外に出ると、そこにはラカンカと同じような重装備をした数十人ほどの部隊がいた。中にはラカンカのように馴染《なじ》みのある顔もあったが、何人かは見たことのない顔だった。ひょっとしたら、このためだけに雇ったプロなのかもしれない。

「よし。さっさと終わらせるぞ。目的は二つ。怪物の殲滅《せんめつ》。そして、納屋の中の資料の奪取だ。以上」ビンツー教授は短く指示を出した。

怪物の正体の詳細などは予め伝えられているのだろう。

部隊はすぐに移動を始めた。

森を通り抜け、荒れ地を進んでいると、やがて例の納屋が見えてきた。心なしか写真で見たときよりも傷んでいるようだった。

納屋まで後百メートル程の場所に来たとき、突然地鳴りが始まった。

部隊はいったんその場で姿勢を低くし、納屋に注目した。

納屋はまるで生き物のようにぶるぶると震えていた。あちこちに亀裂が発生し、埃なのか木の屑なのかわからないものが空中に噴出されていた。

「どうします？」ラカンカが尋ねた。「もう少し近付きますか？　それともここから攻撃しますか？」

「闇雲な攻撃はなるべく避けたい。貴重な資料が失われるかもしれんからな」ビンツー教授は懐から『ネクロノミコン』を取り出した。

「対処方法がわかるんですか？」

「百年以上前のアメリカでよく似た事件が起きた。そのときは対処できた。大丈夫なはずだ」ビンツー教授は奇妙な身振りで呪文を唱え始めた。

突然、俄かに掻き曇った。頭上で黒雲が渦を巻いている。

いくらなんでも急変過ぎるだろうと思っていると、風が急速に強くなり出した。

周囲に風除けとなるものが何もないため、全員地面に伏せるしかなかった。

「先生、大丈夫ですか!?」竹男は風に負けないように大声で尋ねた。

「この風はやつの抵抗だ。呪文が効いている証拠だ。心配するな」ビンツー教授は地面の上で寝転がりながら奇妙な身振りと呪文を続けた。

近くに落雷したのかと思う程の大きな音が聞こえた。見上げると、巨大な納屋の壁に亀裂が入り、建物自体がばらばらと崩れ始めた。

「出てくるぞ！」ビンツー教授が叫んだ。

この世のものとは思えない叫び声が聞こえた。それは人間のものに似てはいたが、到底人間では出せない音だった。

納屋の壁がすべて弾け飛んだ。

中からは大量の汚物が周囲数十メートルの範囲に流れ出した。納屋の内部に十メートル以上の高さで堆積していたようだ。その中身は腐敗した家畜の肉と骨のようだった。強い風に煽られ、表面に取り付いていた蠅の大群はいっきに吹き飛ばされた。そして、半ば溶解した腐肉と蛆の集合体がばらばらと千切れ飛び、竜巻に吸い込まれ、豪雨となり、部隊の上に撒き散らされた。

この突風の中でさえ、その臭気は耐えがたく、多くの隊員たちはその場で激しく嘔吐した。

轟音と共に地面が揺れた。

「何かが歩いている!」

ビンツー教授が指差した先で、何トンもの腐肉の塊が飛び散り、クレーターのような穴の形になった。

そして、また、轟音とともに少し離れた場所に穴が開く。

「腐肉の海から出ると、後を追えなくなる。イブン・ハジ弾を発射しろ!」

ビンツー教授の号令の下、グレネードランチャーが準備され、納屋の上空に向かって、発射された。

それは空中で破裂し、竜巻の中に白い粉が散乱した。

空中で激しい放電が起きた。

瞬間、その場に不気味で巨大な存在が姿を現した。

それはビルほどの大きさを持ち、何本もの手足や触手で埋め尽くされていた。そして、その頂上部には

172

入歯そっくりの蒼ざめた巨大な顔があり、部隊を見下ろしていた。

「出たぞ！　あいつの顔を狙って……」

怪物の姿が二、三度点滅するように見えたかと思うと、ふっと消えた。

「何だ？　どうしたんだ？」

怪物はまた移動を始めたようで激しい地響きが鳴り続けている。

「もう一度、イブン・ハジ弾を発射しろ！」

また、白い粉が散乱し、放電と共に怪物の姿が現れた。その目は怒りを湛《たた》え、じっとビンツー教授を睨み付けていた。

そして、ちらつき、姿を消した。

「どうした⁉　次の弾を早く撃て！」

「この弾が最後の一発ですが、構いませんか？」

「構わぬ！　このままだと逃げられてしまう！」

弾は怪物がいるであろう場所の上空を狙って発射された。

だが、それはすぐ近くで爆発した。

目の前で凄まじい放電が起き、何人かは吹き飛ばされた。

怪物は彼らの目の前、数メートルの場所にいた。

「ビンツー！」怪物は確かにそう言った。「俺は逃げはせぬぞ」

「化け物の癖に生意気に言葉を喋《しゃべ》るのか！」ビンツー教授は言い返した。

「俺はおまえたち人間より、よほど上等な生き物だ。神に近いのだ」

「では、なぜ人間の女などを母とした？」

「今はそのような時代だからだ。俺たちが顕現《けんげん》するためには、人間の女の腹を借りねばならぬ。だが、時が満ち、人の時代が終わりを告げるとき、俺たちは神へと変容する。おまえが殺した俺の兄もそうなるはずだった」

「正確に言うと、おまえの屑のような兄貴を殺したのはわたしではなく、犬畜生《いぬちくしょう》だがな。まあ、おまえの兄貴なんだから、それがお似合いだが」

怪物は凄まじい叫び声を上げ、姿を消した。

「どうした？　逃げたか？」

ビンツー教授のすぐ近くにいた男の身長が突然縮んだ。腹から下が後ろに折れ、首が目元まで胴にめり込んでいた。白目を剥き、ぴくぴくと痙攣《けいれん》していたが、さらに圧縮され、腹部が破裂し、内臓と糞尿を撒き散らし、それがまた風に飛ばされ、悍ましい悪臭を広めた。そして、次の瞬間、その肉体はパンケーキのように地面の上に押し広げられた。その表面には羊歯《しだ》のような模様がついた巨大な押し型があった。

「これは……足跡だ」ラカンカが目を見開いていった。

部隊は一瞬でパニック状態になり、何人かは逃げ出した。

「待て！　逃げるな！　固まって行動しないと危険だ!!　わたしを中心にした陣形をとれ!!」ビンツー教

授は指示を出したが、従おうとする者は少数だった。

円陣を組み、周囲に向かって機銃掃射《そうしゃ》を行えば、怪物は近付けない可能性もあった。だが、ばらばらに逃げては一人ずつ攻撃されることになる。また、仲間に流れ弾が当たる危険があるため、発砲もままならない。

逃げようとしたうちの一人が突然潰れ、血飛沫《ちしぶき》が上がった。

「くそっ！　なぜ見えないんだ!!」ビンツー教授が苛立ちの声を上げた。

「逃げるな！　その場に留まれ！」兵士の一人が仲間の肩に手を掛けた。

「うわああ!!」パニックに陥っていた手を掛けられた兵士は反射的に自動小銃を発射した。

数人の兵士が被弾し、ぱらぱらと倒れた。

パニックに陥った兵士はさらに混乱し、乱射を続けた。

別の兵士がその兵士を撃った。

激しい無差別の銃撃戦が始まった。

竹男とビンツー教授はその場で伏せ続けるしかなかった。

仮止めしてあった『ネクロノミコン』の表紙がはずれ、ぱらぱらと風に舞った。

「ああ。なんてことだ」ビンツー教授は慌てて、拾い集めようとしたが、兵士がこちらに向けて発砲しようとしているのに気付いて逃げ出した。

もはや陣形を作ることに意味はないと気付いたようだった。

ビンツー教授に銃口を向けていた兵士もまた数秒後には潰され、血塗れの肉塊となった。

怪物は、ビンツー教授を一番には狙わなかった。これは意味のない行動かもしれないし、わざとビンツー教授を後回しにして、恐怖感を味あわせようとしているのかもしれない。だが、自分が真っ先に狙われていないことに気付いて、ビンツー教授は幸運だと感じたようだった。

彼は一人、部隊から離れ、崩壊した納屋の方へと向かった。

竹男もその行動に気付き、後に続く。

「なぜみんなと一緒に逃げないんですか？」

「あいつは人間より早く移動できる。あいつから逃げおおせるのは不可能だ。まずは安全な場所に隠れることが重要だ」ビンツー教授は腐肉の海にずぶずぶと胸まで浸かって進んだ。

「この納屋が安全な場所なんですか？」竹男は込み上げてくる吐き気を押さえながら、腐肉の中に分け入った。

「ここなら、あいつの動きが足跡でわかるだろう。それに、あいつだって、人語を介するはずだから、人間的な思考をするはずだ。我々がわざわざ自分のアジトに向かうとは思わないだろう」

「でも、俺たちがここに入るのを見ていたかもしれませんよ」

「見てみろ」ビンツー教授は港の方角へ走る部隊を指差した。「だいたい一分ごとに一人ずつ潰されているつまり、やつは今鼠《ねずみ》取りに必死になっていて、わたしのことを忘れているのかもしれない」

「じゃあ、ずっとここに隠れていますか？」

「いや。あいつが我に返るとまずい。いったん港に帰ろう。あいつに気付かれないように、最短の道ではなく、遠回りしてな」ビンツー教授は腐肉の海を泳ぐようにして、納屋の反対側に進んだ。「あいつらでは、埒が開かん。国連軍に応援を頼むことにする」

「邪神たちと戦争を始めるんですか？」

「そんなものは、もうとっくに始まっとる」

ビンツー教授は部隊の様子を見ながら、できるだけ音を立てずに走り出した。

竹男も後を追い掛けたが、ふと立ち止まり、携帯電話を掛けた。「みどり、頼みごとがあるんだが、聞いて欲しい」

「どこにいるの？　いったい何が起こってるの？」みどりが心配そうに言った。

「話せば長いんだが、とにかくすぐに馬子崎氏に連絡して欲しい。例の装置を港に持ってきてくれって」

「簡単に言うことを聞いてくれるとは思わないけど」

竹男は目の前の突風の中、宙を舞うページをぼんやりと眺めた。

「ビンツー教授に目に物見せてやれると言ってくれ。もし、それでも断ってきたら、俺からプレゼントがあると言ってくれ」

13

「怪物の姿が見えないのは、存在していないのではなく、我々の視覚に捉えることができないからです。我々の視覚は四百ナノメートルから八百ナノメートルあたりの波長の電磁波を光として認識しています。あの怪物がその波長の電磁波と相互作用しないとしたら、我々の目には捉えようがありませんからね。つまり、向こうではなく、こちらの能力に問題があるということになります」竹男は臨時の会議室で、ビンツー教授と調査団の聴衆を前に、どこかから調達してきた黒板に図を描きながら説明した。

「ああ。やつの姿が見えないのは、我々の欠陥《けっかん》だとしよう。それで、どう対処するつもりなんだ？」ビンツー教授が苛立たしげに言った。「結論を言いたまえ」

「先生がやつを可視化するのに使われた粉はまだ残っていますか？」

「いや。完全に使い果たした」

「成分は？」

「秘密だ。おまえに教える気はない」

「わかりました」竹男はすぐに諦めた。「わたしが推測するに、あの粉は一種の触媒《しょくばい》です。あの粉が、あの怪物と光との相互作用を媒介する訳です」

「だとしたら、効力がわずかな時間しか続かなかったのはなぜだ？　百年前には効果があったのに」

「粉を分析できないので、はっきりとは言えませんが、粉の成分が当時と違ったのか、あるいは、向こうが何らかの対策を講じたかですね」

「あんな化け物が対策を講じただと？」

「でも、あいつはあなたと会話しました。つまり、知性がある訳です」

「くだらん。あいつはただの獣だ」

「まあ、知性とは何かという議論は、また別に行うことにしましょう。当面の課題とは関係ありませんので。さて、やつと戦う方法ですが……」

「すでに国連軍を呼んである。あいつがいそうな場所を広範囲にわたって、絨毯《じゅうたん》爆撃すれば、片が付くだろう」

「広範囲ってどのぐらいですか？」

「さあ、一キロ四方を焦土にすればなんとかなるんじゃないか？」

「そんな広範囲を？　この地域の自然環境はどうするつもりなんですか？」

「さあね」ビンツー教授は肩を竦めた。

そのとき、会議室の入り口が開いた。

入ってきたのは血塗れのラカンカだった。そして、そのままその場に倒れた。

スタッフたちはいったん身を引いたが、危険がないとわかると、何人かが近付いて容態《ようだい》を調べた。顔面を含め、全身のあちこちを負傷していたが、致命傷はなさそうだった。だが、今までの出血量がわからないので、病院には運んだ方がよさそうだった。あと、強烈な臭いがした。

「あいつは今どこだ?」ビンツーはラカンカの状態にはあまり興味がなさそうだった。

「……隊は……全滅……」

「隊のことなど聞いておらん。あの入歯の弟はどうなったのかと聞いているんだ」

「……わかりません。でも、たぶん、わたしを……追って……」

「いかん!」ビンツー教授が叫んだ。「今すぐ、ラカンカを遠くに捨ててくるんだ」

「教授、何を言ってるんですか?」

「わからんのか⁉ おそらくもう時間がない。命が惜しいものは、わたしについてこい!」ビンツー教授は走り出した。そして、そのまま建物から飛び出した。

スタッフたちも次々と外に飛び出した。中には武器を持ち出したものもいた。

竹男はその場に取り残されたラカンカの元に行った。「大丈夫ですか?」

「……ああ……だけど、脚が痛くてたぶん歩けない」ラカンカは苦しげに言った。

「さあ、俺の肩に掴まってください」

「わたしも手伝うわ」メアリーが引き返してきた。「誰かを見殺しにしたりしたら、夢見が悪いもの」

二人でラカンカを支えて、出口から出ると、なぜかそこに人溜まりが出来ていた。逃げずにこの場に留まっているらしい。

不思議に思って、人垣を押し分けて、向こう側に出ると、そこではビンツー教授と馬子崎助教が睨みあっていた。

「何しに来た？」ビンツー教授は不快感を隠そうともせずに言った。

「たいしたようじゃない。ただ、このお嬢さんに呼ばれたものでね」馬子崎助教は後ろにいたみどりの肩を掴んで、自分の前に立たせた。

「君はこの男に何を頼んだのだ？」

「頼んだのは俺ですよ」竹男がビンツー教授の背後から声を掛けた。

ビンツー教授は振り向いた。「また、君か。何を企んでいるんだ？」

「言ったでしょ。入歯の弟が我々に見えないのは、入歯の弟が可視光と相互作用せず、あいつが相互作用するエネルギーは我々には見えないからだと」

「それは仮説というよりも、君の個人的な妄想だろう」

「あいつを見えるようにするための方法は二つ。一つはあいつと可視光を相互作用させるという方法です。あの粉はその作用があったものと思われます」

「粉はなくなったし、製法は教えない」

「ええ。それはそれで問題ありません。重要なのは二つ目の方法です。相手を変えることができないのなら自分を変えようということです。つまり、我々の脳の特性を変えて、入歯の弟が発するエネルギーを見えるようにしようということです」

「正気の沙汰《さた》とも思えない。我々一人一人の脳を、君の悪夢のような機械で改造しようと言うのか？」

「僕の機械は使いません。あれは、精密な動作ができますが、一人一人の脳の特性を調べてオーダーメイドしないといけないので、時間が掛かり過ぎるのです」

「ではどうするんだ？」

「馬子崎さんの装置を使用します」竹男は馬子崎助教の背後の古びた軽トラックを指差した。その荷台には、奇妙な配線や捻じくれた配管の塊のようなものが載っていた。それは機械というよりは、何かの動物の死体のような印象を放っていた。

「この装置は人間の脳に作用する。特段の処置を行わなくても、周囲数キロの人間の脳内の松果体《しょうかたい》を活性化させることができるのだ」馬子崎助教は自慢げに言った。

「そもそもが胡散臭い話だ。もし、その話が本当だとしても、頭のおかしい人間が作った装置に頭の中を弄《いじ》られたくはない」

「だとしたら、まもなくここにやってくる怪物を倒すことはできませんよ」

「ふむ」ビンツー教授はじっと装置を観察した。「動作原理はだいたいわかった。だが、なぜ、おまえが我々に協力するんだ？」

「ああ。まずは、おまえに目に物見せてやれるからだ。それだけじゃない……」

「この港の連中にもです」竹男は慌てて言った。「田舎にはいろいろと確執があるものですから」

「いや。この港のやつらには……」

「含むところがあるんでしょ!?」竹男は強く言った。

「まあ、どっちかと言えば……」

「装置の起動にはどのぐらいの時間が掛かる?」ビンツー教授はすでに馬子崎助教が協力する理由についての興味を失っていたようだった。

「そうだな。怪物の特性に合わせた微調整が必要だから、まあ一時間ってとこかな?」

地響きが聞こえた。一キロ程先の森の中の木々が何本か倒れるのが見えた。

「五分だ」

「あ?」

「五分で起動しないと、命がないぞ」

「脅迫か?」

「脅迫ではない。事実だ。あそこまで怪物がやってきている。あいつはここにいる者を皆殺しにするだろう。つまり、港の住民とわたしとわたしのスタッフとおまえだ」

馬子崎助教は目を見開き、みどりに詰め寄った。「なぜ、わたしをこんなところに連れてきたんだ!?」

「あなたを呼んだのは俺です」竹男が言った。「彼女は頼みを聞いてくれただけです」

「わたしを罠に掛けたのか!?」

「とんでもないことです。このタイミングになってしまったのはたまたまです。まあ、これより遅いタイミングだったら、俺たちはもう助からなかったと思うので、今、来て貰ったのは不幸中の幸いですね」

「もう黙っててくれ！」馬子崎助教は軽トラックから装置を下ろそうとした。だが、焦ってしまったのか、がらがらと地面に落下して、いくつかの部品が壊れてしまった。

「あああ!!」馬子崎助教は頭を押さえた。

「規格を教えていただければ、代わりの部品を持ってきます」

「そんな悠長《ゆうちょう》なことをしている暇はない。壊れた部分はバイパスする」馬子崎助教は装置を分解し、再構成を始めた。

「そんなことをして動くんですか？」

「わからない。だけど、設計の冗長性を信じて、組み直すしかない」

倒木はどんどんこちらに近付いてきていた。

馬子崎助教は汗をだらだらと垂らしながら作業を続けた。

「何か俺にできることはありますか？」竹男は尋ねた。

「一つある。そこで黙ってじっとしていることだ」

ついに怪物は街の中に入ってきたようで、何軒かの家が粉砕され、飛び散った。中にいた住民も弾き飛ばされ、数十メートルも宙を飛んだ後、地面に激突して、原型を留めないぐらいに潰れた。まるで潰れたトマトのようだった。

「崩壊した家を目安に攻撃しろ！」ビンツー教授は叫んだ。

何十丁もの自動小銃が火を噴き、何発かの小型ミサイルが発射された。

これって、軍隊をそのまま連れてきたようなものだな、と竹男は思った。きっと、いろいろな国内法や国際法に違反しているような気がするが、命が掛かっているので、そんなことは気にしないことにした。

だが、当たっているかいないのか、まるで判断が付かなかった。火器による攻撃は延々と続けられていたが、見えない怪物の破壊活動には全く陰りが見えなかった。

怪物はさらに近付いてきているようで、だんだんと近くの建物が破壊されるようになってきた。

「まだ、起動しないのか！」ビンツー教授が叫んだ。

馬子崎助教は返事すらせずに作業を続けていた。

同じ分野を専門としている竹男やみどりにとってすら、その作業は全く理解不能のものだった。凄まじい勢いで回路を繋ぎ変えては、テスター様の装置で何かの確認をしている。

街の中で火の手が上がった。人々が逃げ惑っている。

「わたしたちも逃げた方がいいんじゃないかしら？」みどりが提案した。

「それも一理あるかもしれない。ここで焦って無駄死にするよりは、いったん引いて体勢を立て直せば」

「逃げることは許さん」ビンツー教授が言った。「どうしても、逃げたければおまえたちだけで逃げろ。馬子崎を連れていくことは許さん」

「どうしてですか？」みどりが異を唱えた。「死んでしまってはどうにもならないじゃないですか！」

「この地は人類の最後の防衛ラインなのだ。ここを敵に奪われては、もう我々は無限に退却し続けるしかないのだ」

数十軒の家がいっきに飛んだ。強風に煽られた訳ではなく、土台から根こそぎに引き摺り出され、投げ飛ばされた感じだった。

家々は空中でばらばらになり、まるで雨のように材木や瓦が住宅地に降り注ぎ、さらに被害が拡大していく。

ぶうんという低いノイズが聞こえた。

「起動したのか？」ビンツー教授が尋ねた。「怪物の姿は見えてこないぞ」

「起動はした。だが、調整が済んでいないので、まだ効果はない」馬子崎助教は淡々と答えた。

「早く調整しろ」

馬子崎助教は回路に顔を近付け、目を瞑り、まるで臭いを嗅いでいるかのようにして、コイルを捻って形を変形させた。どうやらそうやって、インダクタンスの調整を行っているらしい。完全にアナログ的手法であり、馬子崎助教以外には手が出せない。

一瞬、ばちばちと放電が発生し、光の中に巨体が見えたような気がした。

「畜生！　向こうも細工をしているようだ。相当頭がいい」馬子崎助教が呟くように言った。ぽたぽたと汗が回路の上に落ちる。

突然、竹男たちのすぐ傍で、自動小銃を構えていたスタッフが宙に浮かび上がった。彼は絶叫し、口から血を吐いた。腹部を圧迫されているらしい。そして、自動小銃を乱射した。

何発かは馬子崎助教の装置に当たった。突然、発火し燃え始める。

竹男は慌てて上着を脱ぎ、それで装置をなでるようにして鎮火させようとした。

馬子崎助教は燃える装置に縋り付くようにして調整を続けている。やがて、衣服にも着火したが、それでも馬子崎助教は作業を続けた。

竹男は馬子崎助教から燃える衣服を剥ぎ取ろうとした。

「邪魔だ!!」馬子崎助教は竹男の手を払いのけ、突き飛ばした。全身がめらめらと燃え上がる。

吊り上げられた男はすでに五十メートル程の高度に達していた。と、いきなり斜め下方向に強烈に加速し始めた。

一瞬の放電の間に、巨大な触手が人間を巻き付けて持ち上げ、それを地面に向かって叩き付けようとしている様子が見えたような気がした。

そして、実際に彼は地面に叩き付けられた。

衝撃で、手足と頭部が数十メートルも飛び散った。内臓や骨格もばらばらになり、ぱらぱらと地面の上に撒かれたようになった。

部隊の自動小銃はすべて男が持ち上げられた周辺の空間に向かって発砲されたが、何の手応えもなかった。

ミサイルも発射されたが無駄に飛び回った後、爆発し、街の建物を破壊しただけだった。

「できた！」馬子崎助教が叫んだ。

激しい落雷が発生した。

あまりの強さに何も見えなくなり、その後だんだんと見え始めた。

入歯の双子の弟は、数時間前に見たときよりさらに数倍の大きさにまで巨大化していた。単に今が成長期なのかもしれないし、納屋から出たことが影響を与えたのかもしれない。それとも、自分の肉体の大きさまでもが自由自在に変えられるのかもしれなかった。

その場所はみなが想定していた場所とは全く違っていた。数百メートルに及ぶ無数の長大な触手を縦横無尽に振り回していたため、その場所を見誤っていたのだ。

スタッフたちは怪物に向かって走りながら、自動小銃を発砲した。だが、目に見えた効き目はなさそうだった。

ミサイルも次々と発射されたが、ダメージを受けている様子はなかった。

「なんてことだ。姿が見えてもこれでは、太刀打ちできないではないか」ビンツー教授は呆然として言った。

「ビンツー!!」入歯の弟はビンツー教授を見据えた。「無駄な足掻《あが》きだったようだな。これから世界は変わる。今すぐ惨《むご》たらしく死ぬか、世界が変容する様を見て発狂してから死ぬか、好きな方を選ぶがいい」

ああ。なるほど。あいつがビンツー教授をすぐに殺さなかったのは、この選択をさせるためだったのか。

竹男は得心した。

「もし、わたしに選択できるのなら……」ビンツー教授は呟いた。

怪物の攻撃が止まった。ビンツー教授の声を聞き取ろうとしているようだった。

ローターの音が聞こえてきた。

全員が空を見上げた。

怪物もまた音のする方を見上げた。

ヘリコプターの編隊がこちらへ向かってきていた。

「やった!! 国連軍のブルーサンダー部隊だ!! これでおまえはお仕舞いだ、化け物め!!」

三機のヘリから同時にバルカン砲の攻撃が開始された。凄まじい量の弾丸が怪物の肉体にめり込んだ。

怪物は人間そっくりだが、その何千倍も大きい悲鳴を上げた。

竹男たちは音の異様さに発狂しそうになり、耳を押さえて蹲った。

怪物の触手の一本が撓《しな》った。それは超音速で一機のヘリを襲った。

ヘリは五つに分解し、乗組員は全員その場に落下した。そして、ヘリの破片は燃え上がり、さらに新しい火の手がいくつも上がった。

「距離をとって攻撃させるんだ！」ビンツー教授は通信機に向かって話した。「触手の射程範囲に入っては勝ち目がない」

残った二機のヘリは怪物から離れ、斜め上から挟み撃ちになるように攻撃した。

「まずは触手の動きを止めるんだ！」ビンツー教授は指示を出した。

バルカン砲撃は触手の付け根に集中して行われた。最初は触手が削られ、すぐに千切ることができそうに思われた。泥のような体液が大量に噴き出し、悪臭で呼吸もままならなくなった。

だが、半分ほどまで切断が進んだところで、再生が始まった。弾が肉を削る速度を再生速度が上回ったため、触手を切断することができないのだ。

「これでは駄目だ」ビンツー教授は歯軋りをした。

「でも、あの怪物の再生能力は無限ではないのでは？　そのうち、再生できなくなって、死んでしまうと思います」

「その前にこっちの弾や燃料がなくなったらどうする？　次のヘリはいつ来るかわからないぞ」ビンツー教授はますます炎が激しくなる火事の現場を眺めた。「そうか」彼は何かを思い付いたようで、通信機に呼び掛けた。「あのヘリの墜落現場の燃え方が異常なのだが、ひょっとして、ナパーム弾を積んでいたのではないか？……なるほど、やはりそうか。他の機も積んでいるんだな？……なら、今すぐそれをあの怪物に使え」

竹男とみどりはビンツー教授の発言に我が耳を疑った。

市街地でナパーム弾を使うなんてあり得ない。特に、まだ住民の避難は終わっていない。いや。正式な避難は始まってもいない。今はただ、個々に逃げ惑《まど》っているだけだ。

「先生、待ってください。そんなことをしたら、この港は全滅です」竹男は言った。

「このままだとどうせ全滅だ。それにすでにあそこでナパームは発火している。特殊な消火設備がなくては、あの炎は燃え尽きるまで消えることはない。だったら、積極的に利用した方がまだ望みはある」

「しかし、避難が終わっていません」

「避難にどれだけの時間が掛かる？　これは緊急事態なのだ。一つの港の人間と全人類を秤《はかり》に掛けることはできない。港の住民には気の毒だが、仕方がないのだ」

「我々だって危険ですよ。炎に焼かれなくたって、燃焼による酸欠空気や一酸化炭素で死んでしまうかもしれません」

「あの怪物からは逃れることはできない。逃れる唯一の方法は殺すことだ。極めて簡単な論理だと思うが」

ビンツー教授の目には狂気の光が宿っていた。

説得は不可能だ。

竹男は悟った。

「馬子崎さん、我々だけでも逃げましょ……わっ!!」

彼の服は大方燃え尽きていた。そして、真っ赤な皮膚には服の繊維が癒着《ゆちゃく》して、ひどい有り様となっていた。

「酷い火傷《やけど》じゃないですか」

「そうだ。だから、今更ナパームで焼かれても、どうってことはない」

「よしっ！」ビンツー教授は通信機を耳に当てながら、握り拳を頭上高く上げた。「ナパーム弾の使用が決定されたぞ！」

一機のヘリがさらに高く昇った。綿密に位置と角度を調整しているようだ。彼らがいる真上ではないが、ナパーム弾が怪物に命中すれば、被害は免れない距離だ。

「先生、馬子崎さん、とにかく建物の中に入りましょう」みどりが言った。

「今、装置から手を離す訳にはいかない」馬子崎助教は言った。「一瞬でも調整をやめたら、あいつは消えてしまい、二度と姿を現すことはないだろう」

ビンツー教授は少し考えてから言った。「建物に入ったからといって、生存確率が飛躍的に高まる訳ではない。しかも、何が起こるかを詳しく観察できなくなる。だったら、ここで見ている方が少しはましだということだ」

「竹男さん、わたしたちは建物の中に避難しましょう。先生はああ言っているけど、少しでも生き延びることを考えるべきだわ」

「しかし、二人を放っておく訳には……」

「彼らは自分の意志で、ここにいるのよ。わたしたちが付き合う義務はないわ」

竹男はしばらく迷った末、みどりの顔を見て頷いた。

ビンツー教授は軽蔑したような目で二人を見た。

馬子崎助教は懸命に装置を操作していて、二人にはあまり興味はなさそうだった。

ヘリの格納庫が開いた。

二人は慌てて、建物の中に飛び込んだ。近くの部屋に飛び込み、とりあえず窓を閉めた。

窓ガラスの向こうにヘリからナパーム弾が落下したのが見えた。

怪物は触手で払いのけようとしたが、あまりにも高速で接触したため、ナパーム弾は粉砕され、中身の液体が全身に掛かった。

もう一機のヘリがバルカン砲で、怪物を撃った。ナパーム弾の使用方法としては、変則的だが、信管が破壊されてしまったから仕方がなかったのだろう。

燃料に着火した。

怪物は瞬時に炎に包まれた。

ナパーム剤が人体に付着した場合、容易に落ちることはないし、水を掛けても消火できない。おそらく怪物の皮膚からも簡単には落ちないだろう。

怪物は火の付いたままの触手をぶんぶんと振り回した。

町中の建物が破壊され、さらにそれに引火した。

ナパーム剤は広範囲に飛び散ったが、幸運なことに、本部の近くには来なかったようだった。

窓の外では一人の科学者は懸命に操作を続け、もう一人は興味深げにもだえ苦しむ怪物を観察していた。

「おまえ、絶対に殺す!!」炎に包まれた怪物はじっとビンツー教授を睨み付けていた。

「無理だね」ビンツー教授は鼻で笑った。「おまえはもうすぐ死ぬ。おまえの再生能力でもナパームの燃焼には勝てない。諦めろ」

「もはや俺の命などどうでもいい。お前さえ、殺せれば……」怪物は一歩踏み出した。

二発目のナパーム弾が命中した。今度はうまくすべての触手にナパーム燃料が広がったとみえ、すべてが燃え始めた。

触手の一本がビンツー教授を狙った。

彼は避《よ》けなかった。

頭上ぎりぎりを掠り、触手は本部のある屋敷に命中した。

壁の一面がほぼなくなり、屋敷内に火種が侵入し、一瞬で発火した。

怪物は空を見上げ、そして絶叫した。「いぐないい……いぐないい……とぅふるとぅんぐあ……ようぐそうとほうとふ……いぶとぅんく……へふいえ——んぐるくどるう……」

突如として嵐が巻き起こり、大地が揺れ始めた。残っていた建物も次々と崩壊し、空の彼方へと巻き上げられた。

後の調査によると、このときの風速は秒速七十メートル、震度は七に達していたという。凄まじい怪物の断末魔だ。

竹男とみどりは炎から逃げるために、部屋から部屋へと逃げ続けていた。

そして、ある部屋での窓の外の風景にみどりは驚愕した。

「あれを見て！」

海水が数十メートルの高さにまで盛り上がり、凄まじい速度でこちらに向かって押し寄せようとしていたのだ。

それが津波であったのか、高潮であったのか、高波であったのかについてはいまだに科学者たちの間で意見は一致していない。とにかく通常では考えられない自然現象であったことは間違いない。

「高台に逃げるべきかしら？」みどりが竹男に意見を求めた。

「いや。全力で走っても追いつかれてしまうだろう。ここは運を天に任せて、この家の中で待機するしかないだろう」

窓の外では相変わらず、ビンツー教授と怪物が対話していた。

「ほう、苦し紛れに津波を呼んだのか？　だが、その火は水では消えぬぞ」ビンツー教授は半ば笑いながら言った。

「落とすことはできなくても、水中では酸素不足で消えるはずだ」

「確かにそうだが、それまでおまえの肉体がもつのか？」

「俺は……死な……ない」

「残念なお知らせがある」ビンツー教授はくすくすと笑った。「おまえの脇腹の皮膚と脂肪と筋肉が焼け落ちた。内臓が香ばしい煙を出しているぞ」

怪物はビンツー教授を睨み泣き叫んだ。

「駄目だ。もう装置がもたない」馬子崎助教が悲痛な声を上げた。

だが、ビンツー教授はただただ、愉快そうに怪物の苦しむ姿を鑑賞していた。「もうすぐおまえの首は焼け落ちる。言っておきたいことはないか？」

怪物は口をぱくぱくさせたが、一言も聞き取れなかった。

触手や手足が次々と燃え尽き、炭化した組織が地面に落下した。

ビンツー教授は煙草を取り出し、火を点け、口に咥《くわ》えた。そして、怪物に近付いていく。彼は死ぬだろう、と竹男は思った。たとえ、今日死なないとしても、いつかは悲惨な死に方をする。そんな根拠のない考えが頭に湧いてきた。

「ええ・や・や・やはあああ――えややややあああ……んぐあああああ……ふゆう……ふゆう……」怪物は意味不明の呪文を唱え続けた。

ぼろぼろと肉体が崩れ落ちると共に、炎はさらに街中に燃え広がった。

「……助けて！……助けてくれ！……父上！……我が父よ！　父上！　ようぐそうとほうとふ！……」

その瞬間、竜巻も地震も津波も一瞬で消え失せた。

怪物は崩れ落ち、凄まじい悪臭を放ちながら、どろどろに溶け、港中に広がった。

馬子崎助教の装置が爆発した。

「うわっ！」馬子崎助教は破片を顔に受け、その場に蹲った。

怪物の残骸は消え失せた。だが、その体液は港の隅々まで覆い尽くしていた。そして、その上をナパーム剤が這い、街全体が炎に包まれた。あちこちで炎の竜巻――火災旋風が発生し、家々と人々を焼き尽くした。

紅蓮《ぐれん》の光の中で、ビンツー教授の高笑いが響いていた。

14

港の被害は想像を絶した。住民の九割が死亡または行方不明となっていた。また、消失面積は市街地の九十五パーセントに達していた。

世間的には津波を原因とする大規模火災が発生したと発表された。マスコミの取材が許されたのは当たり障りのない通常の被災地のように見える場所だけだった。

住民たちはCATに抗議する気力もなくしたようで、ビンツー教授が渡す札束を、ただ項垂《うなだ》れて受け取るばかりだった。

ビンツー教授は調査団の大規模な増員を本部に申請した。結果として、数百人単位のスタッフが送り込まれた。

彼らは、港のあちこちに残る怪物の痕跡を収集し、丁寧に保存する作業に当たった。

ビンツー教授は、現場で生き生きと動いていた。調査団員の一人一人にまで細かく指示を行い、怪物の残骸の一欠けら、体液の一滴をも見落としなく回収することを目指した。

「君はいったい何をしているんだ？」レオルノ博士は、ビンツー教授が街はずれで一人で歩いているときを見計らって、ついに尋ねた。

「調査だよ。知らなかったのか？」

「君はこの港の調査に来たはずだ。ここの気象や地形がＣの研究設備に適しているかどうか……」

「それはもちろん進める。しかし、こんな怪物の死体が手に入ったのに、それをみすみす散逸《さんいつ》に任せる手はないだろう」

「わたしの考えでは、こんな物質は人間が所有するべきではない」

「はっ？　何を言っているのか、全く理解できないが……」

「この怪物は人類の手に負えるものではない？」

「現にわたしは倒したぞ」

「倒したのは、君ではなく、国連軍の兵器と馬子崎の装置だ」

「それらは単なる道具に過ぎない。わたしはそれらを正しく使って、あの怪物を滅ぼしたのだ」

「君が用意した霊的罠は全て空振りに終わったようだが？　あの巨大な怪物だけじゃない。人とほぼ同じ姿をしたあいつの兄の入歯にすら効き目がなかった」

「入歯はとっくに殺処分した」

「それはメアリーのペットのおかげだ。君の手柄ではない」

「おまえが何を主張しようと結果が全てだ。二体の怪物がこの港で倒された。だとしたら、それらは全て自動的にわたしの功績となる」

「手柄を独り占めするつもりだな。恥ずかしくないのか？」

「ここでのミッションはすべてわたしの責任下で行われているのだ。独り占め云々《うんぬん》は酷い言い掛かりに過ぎない」

「悪いことは言わない。今すぐサンプルは全て海洋投棄したまえ」

「海に？　それこそ、危険ではないか。汚染するつもりか？」

「ここの海は元々汚染されている。おそらく、あの怪物たちはその汚染物質に起因するものだろう」

「もしそうだとしたら、あのような怪物はこれからも産み出されることになるが？」

「そうかもしれないが……」

「だとしたら、対策を検討するためにも、サンプルの分析は必要だ」ビンツー教授は大きなジェスチャーをしてしまったため、危うく手に持ったサンプル瓶を取り落としそうになった。

　レオルノ博士はそれを目で追った。そして、顔色が変わった。

「それは何だ？」

「だから、怪物のサンプルだよ」

「あの怪物の体液はどぎつい色をしていたが、それは無色の粘液だ」

「体液にも種類があるんだ」

「何を隠している？」

「何も隠してなどないさ」

「だとしたら、わたしから委員会に報告しても問題ないな」

「……ああ。もちろんだ。だが、わたしも得られた知見をリアルタイムで、委員会に報告している訳ではない。ある程度のタイムラグがあっても当然だろ」

「つまり、そのサンプルについては、まだ委員会に報告していないということだな？」

「まあ、そういうことになる」

「それで、それは何なんだ？」

「数日前のことだ。骨折博士が若手の研究者二人と一時的に行方不明となった」

「その話は聞いている」

「彼らは俄かに信じがたい話をした。それについては聞いているか？」

「詳しくは知らない。確か、あるはずのない岩場に辿り着いたとか……」

「彼らはRに漂着したそうだ。そして、Cの復活を目撃した」

「……そんなことはあり得ない」

「わたしもそう思った。だが、様々な状況証拠から考えるに、彼らが実際にそれを体験したと考えるのが、最も自然なのだ」

「もし、それが本当だとしたら、すでに人類は滅亡しているはずだ」

「その通り。……ただし、彼らがいたのがこの時間軸の現在であるならば、だ」

「何を言っているのかわからないのだが？」

「彼らは、過去にCが復活した時代、もしくは未来のC復活のとき、もしくは別の時間線のCの復活に立ち会ったと考えられるのだ」

「なぜ、そんなことが彼らに起きたのだ？　偶然とは考えにくいが」

「わたしもそう思う。もし彼らの言うことが本当だとしたら、これは何者かの意思によるものだろう」

「何者かだと？　目途はついているのか？」

「この宇宙には、我々と邪神以外の存在もあるのだ」

「邪神とは明らかに性格の違うNという神格が報告されているが、それのことか？」

「ノーデンスか。この名前は発音しても問題なかろう」

「ノーデンスが我々に接触してきたというのか？」

「断定はできない。しかし、ノーデンスに似た何者かが我々に――いや、わたしに助力してくれたとしても不思議ではない」

「君にだと？」

「考えても見給え、彼らがCに接触したおかげで、わたしはその組織のサンプルを入手することができたのだ。また、百年前にアメリカで起こったことが今この場所で再現されたことも、偶然にしては出来過ぎている」

「ノーデンスによる計らいだと？」

「さっきも言った通り、ノーデンスとは限らない。彼らはときに旧神と呼ばれている」

「旧神が君に、CやYと人間の混血のサンプルを渡したと言うのか？」

「そう考えるのが合理的だろう」

「何のために？」

「これで、わたしに武器を作れというのだ。Ｃを倒す武器を」

「そんな恐ろしいことが……」

「恐ろしくなどない。これは計画されたことなのだ」ビンツー教授はだらだらと汗を垂らしながら言った。

「大丈夫か？」レオルノ博士は嫌なものを見るような目をしながら言った。

「何のことだ？」

「その汗は何だ？　体調を崩しているのではないか？」

「わたしにつまらない暗示をかけるつもりか？」

「そんなつもりはない」

「残念ながら、わたしの身体は絶好調だよ。この汗はまもなく研究が完成するということに興奮しているからだ」

「その汗はいいものには思えないが……」

ビンツー教授の汗はさらに激しくなった。

レオルノ博士はそっと懐に手を入れ、呟き始めた。「……偉大なるくとひゅーるひゅーを、つぇいとほうぐぐひゅーえいを……いあ！　すひゅーぶないぐぎゅーれいとふ！　その山羊《やぎ》に千人の若者の生《い》け贄《にえ》を与えよ！……」

空中からぶんぶんと奇妙なノイズが聞こえてきた。

「何か不穏《ふおん》なことを始めるつもりか？　ならば、こっちも容赦《ようしゃ》はしない」ビンツー教授は注射器を取り出した。

先端からぽたぽたと液体がこぼれ出す。

ビンツー教授は場所を確かめもせず、その針を自分の頸《くび》に突き刺し、いっきに中身を注入した。彼の体内からぐるるるるという不吉な音が流れ出した。

「何だ、その注射は？」レオルノ博士は呟きを中断して尋ねた。

「持病があってな」

「嘘だ。ついさっき君は自分の身体は絶好調だと言ったではないか」

「この注射の意味が知りたければ、おまえも懐に隠しているものを見せろ」ビンツー教授の汗はさらに激しくなった。

「……七と九、縞瑪瑙《しまめのう》の階段を下り……深淵の中の存在者たるえいぜいとうとふに……」レオルノ博士はビンツー教授の言葉を無視して、呟きを再開した。

ビンツー教授は黙って、二本目の注射器を取り出した。

風が腐敗臭を運び、黒い雲が上空で渦を巻き、雷鳴が轟いた。

「あなたたちはそこで何をしているんだ!?」突如、骨折博士が街の通りから飛び出してきた。

ビンツー、レオルノ両博士の動きが止まった。

その刹那、不気味な気配は消え去り、黒雲もどこかに飛び去った。

「ちっ。邪魔が入った。せっかくの力試しのチャンスだったのに」ビンツー教授は苦々しげに言った。

「いや。なに、ちょっとした議論をしていたまでだ」レオルノ博士も大量の汗をかき始めた。

「そんなふうにはとても見えなかった。何かよくないことが起ころうとしていたようだが……」

「気のせいだ」ビンツー教授が言った。

「きっと君は最近疲れているのだろう」レオルノ博士が言った。

そして、二人の科学者は互いに背を向け、反対方向へと去っていった。

二人が去った後、骨折博士は地面の上に垂れた液体の跡に気付き、サンプルを持ち帰った。

204

15

自分には使命がある。

骨折博士はずっとそう思っていた。それは彼の幼少期の記憶に起因する。と言っても、それが真の記憶であるのか、それともただの夢だったのか、あるいは幼児にありがちな空想なのかは自分でも定かではなかった。

とにかく、それは暑い夏の日のできごとだった。

骨折少年は強い日差しの下で、長時間ぼうっと佇んでいた。特に理由があった訳ではない。幼少時の彼は少しぼんやりとしたところがあり、氷点下の冬の夜や、台風のさ中であっても、ただ道端に立ち尽くしていることが多かった。もちろん、彼自身にとっては意味のある行動だった。彼は空気中の粒子や雨粒や夜空を流れる霧に見とれていたのだ。だが、大人たちはむろんそんなことには気付かないので、彼を少々鈍い子供だと思っていた。

そんな彼の目の前を、近所に住む少し年上の少女が通り過ぎた。背中には赤ん坊を背負っていた。

きっといつも連れている彼女の弟だろう。

骨折少年はそう思った。

しかし、その赤ん坊は勘が強いのか、いつも大声で泣き叫んでいたのだが、その日に限っては、なぜか静かだった。静かどころかぐったりとしていた。ぼとぼと粗相をしていたにもかかわらず、一言も泣かず、ただ少女の背中に紐で括り付けられていた。

骨折少年の目には、それは赤ん坊ではなく、汚れた人形のようにも見えた。

ひょっとすると、あれは本当に人形なのかもしれない。いつも赤ん坊を連れているとは限らないもの。でも、毎日、子守をしているのに、人形でさらに子守ごっこなどする必要はあるんだろうか。

骨折少年は彼女に声を掛けようかと思ったが、なんとなく彼女からは近寄りがたい雰囲気が感じられたので、やめておくことにした。彼女も赤ん坊のように粗相をしたのか、全身汚い色の嫌な臭いのする液体に塗れていたのだ。

彼女はずるずるとまるで歩く屍《しかばね》のように、歩いていった。

ようぐそうとほうとふのところに行くのかもしれないな。

骨折少年は思った。

ようぐそうとほうとふというのは綽名だった。街のはずれの廃墟に住む人物に子供たちが付けたのだ。いつもそう叫んでいるからだというのが理由だった。それが正式名称という訳ではなく、もう少し年上の子供たちは、その人物を玩具《がんぐ》修理者と呼んでいた。

少女は角を曲がって見えなくなった。

骨折少年はまた空中の観察を再開した。

「どけ、この餓鬼が！」

骨折少年は突然蹴飛ばされ、地面の上に倒れた。顔を上げると、汗だくになった若い男が目を吊り上げて、彼を睨んでいた。上半身はシャツ一枚で、よれよれの灰色のズボンを履いていた。

「小父さん、僕、何か悪いことした？」

「何だと？」その目付きの悪い男は手に持っていた長さ三、四十センチ、太さ三センチ程の鉄パイプをくるくると回した。

「悪いことしたのなら、謝るよ」

「おまえ俺に口ごたえするのか？」

「口ごたえじゃないよ。僕が蹴られた理由がわからないから訊いたんだよ」

「餓鬼の癖に！」男の目がさらに吊り上った。

逃げた方がいい。

そう思ったときにはもう彼はパイプで殴られていた。

最初はそれほど痛くなかった。それよりもショックの方が大きかった。次に肩と首が痛くなった。肩甲骨の間辺りの背骨が後ろに飛び出したような気がした。そして、最後に頭頂部に鈍い痛みを覚えた。

大量に汗をかいたのかと思った。だけど、下を見るとぼたぼたと血が流れていた。

「小父さん、酷いよ」骨折少年は何とかそれだけ言った。

「おまえが悪いんだ。餓鬼の癖に大人に口ごたえなんかしやがって」

「小父さん、警察に捕まるよ」

「煩い！」男は力任せに骨折少年の腹をパイプで突いた。

パイプはずぶりと腹の中に入り込んだ。まるで水道管のようにパイプの中から血が流れ出した。

身体の中が全て痛みで満たされたかのようだった。

「小父さん……」骨折少年は男を縋るような目で見た。

「何だよ？　俺は悪くないぞ。おまえが勝手に突っかかってきたんだ」

「……救急車……」

「あっ？」

「救急車……呼んでください……」

「知るか、ボケ！」男は骨折少年の胸を蹴り飛ばした。

彼はその場に倒れ込んだ。

さらに大量の血が噴き出した。

「自分のことは自分でやれよ！　人に頼るなよ、糞餓鬼!!」

男は骨折少年を睨み付けながら、去っていった。

血は全然止まる様子はなかった。

彼は聡明な子供だったので、このままだとほんの一、二分で命が失われるであろうことに気付いていた。

助けを呼ばなくっちゃ。

骨折少年は周囲を見渡した。

不運なことに、通りには誰も歩いていなかった。

大声を出せば家の中にいる誰かが気付くかもしれないが、今の彼は微《かす》かな声を出すのもやっとだった。

とりあえず、骨折少年はパイプの先端を押さえた。

押さえることで、腹に力が掛かり、激痛が走ったが、心持ち出血の速度が落ちたような気がした。もちろん、完全な止血には程遠く、血は掌とパイプの先端からだらだらと流れ続けていた。

たぶん、身体の中でも出血している。

少年はまだ冷静に判断することができた。

どこかの家まで行って助けて貰おう。でも、どの家がいいんだろう？

そのとき、彼の脳裏に赤ん坊を負ぶって道を進む少女の姿が思い浮かんだ。

そうだ。玩具修理者だ。

本当か嘘かわからないが、死んだ虫や蜥蜴《とかげ》の修理もしてくれたという話を聞いたことがあった。たぶん、冬眠か何かしていただけで、死んでなかったんだろうけど、爬虫類の治療ができるなら、人間の治療もできるかもしれない。

骨折少年は立ち上がろうとした。しかし、どうしても、立つことはできなかった。景色がぐるぐる回りながら暗くなっていった。息をするのが難しい。

たぶん、もう時間はないんだ。

確か、玩具修理者の家はこの坂を下ってすぐのところだったはずだ。

彼はパイプの先端を押さえたまま、ずるずると道を這いずった。

彼の通った後はまるで蛞蝓の通った後のように赤い筋が残った。

どのぐらいの時間が経ったのかわからなかった。何時間も這いずり続けたような気がしたが、もしそうだとしたら、とっくに死んでいるはずなので、実際には数十秒しか経っていなかったのかもしれない。気が付くと、目の前に様々な大きさと色の石が積み重なってできた建物があった。

「……助けて……」骨折少年は掠れ声しか出すことができなくなっていた。

返事はない。少年は最後の力を振り絞って、開きっ放しになっていた扉から家の中に這いずり込んだ。

そこは血の臭いで満ちていた。後は排泄物の臭いと生ごみの腐った臭い。

だが、今更気が変わっても手遅れだ。玩具修理者の助けが得られなかったら、その場で彼の命は失われる。

少年はさらに奥へと這いずった。

そこは薄暗かったが、ぼろぼろになった畳は見えた。その上には様々なものが並んでいた。殆どは壊れた玩具のようだったが、中にはそれ以外のものもあった。黒猫が一匹と少女が一人と赤ん坊が一人。少女と赤ん坊はついさっき目の前を通り過ぎた姉弟だった。だが、他のものと混ざり、輪郭はぼやけ、どんな状態なのかはっきりとはしない。

「てぃーきーらいらい。……これを、どう、する？　どう、したい？……てぃーきーらいらい」不気味な生臭くてべとべとした人物が現れた。無数の襤褸に包まれていたので、その顔ははっきりとは見えなかった。

玩具修理者だ。

「ようぐそうとほうとふ……僕のおなかを……元通りにして……」骨折少年はやっとそれだけ言うことができた。

玩具修理者は少年の足首を掴み、自分の目の高さまで、その身体を持ち上げ、観察した。

もはやパイプの先を押さえる力は残っておらず、滝のように血が畳の上に流れ落ちた。

玩具修理者はその顔が血塗れになるのも構わず、少年の身体をあちこち、くんくんと嗅いだ。

「ぬわいるれいとほうてぃーぷ!! まだなのか!?」玩具修理者は突然、少年を畳に激しく叩き付けた。手足の骨がばきばきと音を立て、鉄パイプは胴体を貫通した。

意識を失う刹那《せつな》、彼は床の上に並べられた少女と赤ん坊の姿がはっきりと見えた。それは元の彼らの姿ではなかった。胸から下はすでにばらばらに解体されていた。そして、下に進む程に細かく切り裂かれ、繊維状になり、さらに毛のようになり、そして肉眼では見えなくなっていた。それは赤い混沌《こんとん》となり、少女と赤ん坊と猫と入り混じり合っていた。いや。生物だけではない。ロボットやゲーム機や人形やマシンガンやワードプロセッサーや、その他少年が名前を知らないような様々な無生物も、そこでは、ばらばらにされ、部品以下にまで分解されつつあった。玩具修理者はそれらの部品を綺麗に分類する気はないらしい。ぐちゃぐちゃと気味の悪い音を立てながら、ただただ、分解し続けていた。

そして、骨折少年は強い後悔を覚えながら意識を失った。

一度、意識を取り戻したとき、彼の身体は殆ど分解されていた。自分の身体もまた死んでいるのか生きているのかわからない、様々な生物や玩具や機械の部品と入り混じっていた。

「りーたぃとびー、ぎーとべぃくく、……」

そして、次に意識を取り戻したとき、少年は自分が玩具や少女と共に、畳の上に無造作《むぞうさ》に投げ出されていることに気付いた。

少女と赤ん坊はまだ修理中のようだった。

骨折少年は自分の腹部を見た。

そこに傷はなかった。傷跡すらなかった。まるで、怪我など最初からしていなかったかのようにすべすべの肌だった。

「ぬわぃるれぃとほうてぃーぷ!! もうなのか!?」

「ようぐそうとほうとふ、ありがと……」

玩具修理者は黙々と少女たちの修理を続けていた。部品や臓器が組み立てられ、綺麗に成形され、人体の形に整えられていく。

その中に見覚えのある古傷を持つ指があったが、それはみるみる赤ん坊の組織へと変貌していった。

少年は慌てて自分の指を確認した。

それはいくぶんほっそりとして、少女の指を思わせたが、どこにも継ぎ目などはなかった。

彼は立ち上がった。

玩具修理者がそのべとべとした手で彼の頭を掴んだ。

ずるずると何かが玩具修理者の掌から彼の頭の中に移動した。そして、頭のど真ん中に陣取った。

その日からも骨折少年の日常は何も変わらずに続いた。だが、何かが決定的に違うことに気付いていた。

もう僕は元の僕ではないのだ。

あの子供はもうどこにもいない。

16

因襲鱒の港からほど近い湿地の中に、その墓地はあった。

すでに日が沈み、血のような夕焼けの中で、レオルノ博士は黒い石版を見ながら、何かを呟き、暴かれた墓の中から何か白い塩のような粉末を回収していた。

「やはり、そんなことをしていたのか?」

レオルノ博士が声の方向を見ると、ビンツー教授がだらだらと流れる汗を拭こうともせず、じっと睨み付けている。

「そんなこととは?」レオルノ博士は全く悪びれる様子を見せずに言った。

「現に今、おまえは墓を暴いているではないか」

「ああ。これのことか。これは調査だよ」

「他人の墓を暴くことが調査だと?」

「これはまあ特別な墓なんだ。以前は、右影鶏家と並ぶ名家だったが、数十年前に途絶《とぜつ》してしまった嘔吐家のもので……」

「その家については、聞いている。茶留守《ちゃるす》とかいう当主が何か恥知らずな事件を起こしたとかで、村人の焼き打ちに合い、一族が全滅したとか」

「実は嘔吐茶留守は別人と入れ替わっていたという証言があるのを知っているか？」

「ああ。だが、それは一族を殺害した側の証言だから、俄かには信じがたい」

「だから、わたしは客観的な証拠を集めているのだよ」

「その薄汚れた白いものが証拠か？」

「これは非常に特殊な塩だ」

その言葉を聞いてビンツー教授の目がぎらぎらと輝き出した。「そうか。それなら、わたしがそれを預かろう」

「なぜ、これを君に渡さなければならないんだ？」

「その塩は重要な物質かもしれないからだ。わたしが慎重に分析しよう」

「いや。君に渡す訳にはいかない。分析はわたしが行う」

「おまえに何ができるというのだ？　わたしならＣＡＴの最新設備を使えるのだぞ」

「そして、Ｃに対する兵器に転用しようと言うのだろう？」

「その通り。それが目的の組織だ。何が悪い？」

「君は間違っている。Ｃとは戦ってはいけないのだ」

「おまえとは、価値観が全く違うらしい。これは調査団長としての命令だ。すぐさま、その試料を渡せ」

「君にそんな権限はない。組織上はわたしと同格のはずだ」

「なら、この国の警察に通報するぞ。墓泥棒はこの国でも犯罪だ」

「好きにするがいい。だが、そんなことをしたら、この塩は証拠品として取り上げられてしまうぞ」

ビンツーの息は荒くなってきた。そして、ポケットからまた例の注射器を取り出し、首に刺した。

「その薬は違法なものじゃないだろうな？　だとしたら、通報した時点で君も捕まるぞ」

「これはわたしが合成したものだ。違法なものではない」ビンツー教授の顔色が少し黒ずんできた。「これは素晴らしい研究成果だ。サンプルの分析の途中でできた副産物なのだ」

「いったい何の薬だ？」

「この辺りでは異様な現象が次々と起こっている」

「知っている。だが、それとその薬に何の関係がある？」

「人間の理解を超えた現象が起こり、怪物がうろついている」

「それも、知っている」

「自分の身を守るにも通常の武器では殆ど役に立たない。霊的な罠もだ」

「霊的な罠が効かなかったのは、君の実力のせいじゃないか？」

「自分の身を守るためには、超科学の力が必要なのだ」ビンツー教授は二本目の注射を打った。

「その注射が超科学だというのか？」

「その通りだ」

「只の科学と超科学の違いは何だ？」

「定義は人によって違うだろうな。わたしの定義はその有効性は確認されているが、原理が未解明な科学技術のことだ」ビンツー教授の体格は少し大きくなり、毛深くなった。

「それでは、魔法と区別が付かない」

「その通り。わたしはCと戦うためなら、科学でも魔法でも何でも利用する」

「わたしも君とよく似た考えだ。Cとの戦いを避けるためなら、何でも利用する。科学でも、魔法でも、この世の者でない者たちも」

雷鳴が轟いた。

レオルノ博士は黒い石版に刻まれた碑文を指でなぞりながら、呟き始めた。「……レングの男たち……いあ！　すひゅーぶないぐぎゅーれいとふ！　森の黒山羊に千人の若者の生け贄を！……ぬわいるれいとほうてぃーぷ、そは偉大なる使者にして、虚空を通して奇妙なる歓喜をようぐそうとほうとふに齎《もたら》す者……旧支配者の父……」

それはぶつぶつと唇を殆ど開かずに唱えられたため、殆ど聞きとる事すらできなかったが、それでもその禍々しい響きははっきりとわかった。

夕焼けが一瞬のうちに暗く染まり、雲が恐ろしい有り様で頭上から落下してきた。

ビンツー教授は頭上を見上げた。「そうか。おまえはあんなやつらの下僕となり果てたのか!?」

「彼らとわたしは和解したのだ。彼らと争う必要はない」

「やつらはどこから来たのだ？　太陽系の辺境の小惑星である冥王星か？　それともおおぐま座の知られ

ざる惑星か？」

「いゅーぐごうとふが存在するのは、そのどちらでもない。人には感知できない深淵に存在するのだ」

「まいごう……」

「その名は人間が勝手に付けたものだ。彼らには名などない」

「おまえに援軍が来るというのなら、わたしも急がねばならんな」ビンツー教授は何本もの注射器を取り出し、矢継ぎ早に自分の頸に注射を始めた。

「無駄な足掻きは止めた方がいい。人間はそんなに強い種族ではない。宇宙は、おそろしい種族で満ち満ちている」

「この地球にもおそろしい種族は無数に存在している」

「だが、人間は……」

「人間もまたそのような種族に変化できるのだ」

「何を言っている？」

「わたしは、その方法を見付けたのだ。長い……研究……の末……ぐるるるる……」ビンツー教授の鼻から下、口から顎までが前にせり出してきた。「人は……より……強い……種族に……なれ……なれ……ぐごぁー!!」

「屍食鬼《ししょくき》！」レオルノ博士は、自らの衣服を引き裂きながら近付いてくる、半ば獣と化したビンツー教授を驚愕の目で見詰めていた。「信じられん。人間を強制的に屍食鬼に変身させる方法を発見し、自らにそれ

を施したと言うのか！　正気の沙汰とは思えない！」

「外宇宙ノ化ケ物ヲ引キ入レタヤツニハ言ワレタクナイ」ビンツー教授の声は獣のそれになっていたので、殆ど聞きとることはできなかったが、おそらくそのような意味のことを言っているのだと思われた。彼の腕は脚よりも長くなり、ナイフのような爪が伸び、脚先は蹄《ひづめ》となり、耳は尖り、口は耳まで裂け、長大な牙が現れ、粘性の高い唾液がだらだらと滝のように流れた。全身に青黒い毛が生え、凄まじい悪臭を放ち始めた。

レオルノ博士はもはやビンツー教授を人間として扱う必要はないと判断した。そして、黒い石版を高く掲げた。

「いあ！　んぐへいいくとひゅーん！」

しかし、ビンツーが変じた屍食鬼は素速かった。レオルノ博士が唱え終わるまでに、ビンツー教授の鉤爪《かぎづめ》はレオルノ博士の喉まで数センチの位置に迫っていた。

落雷のような素早さで何かが二人を遮った。それは一メートル数十センチほどの巨大な甲殻《こうかく》類のようにも見えた。だが、地球上の甲殻類には決して存在しないはずの巨大な翼を備えていた。

屍食鬼は突然現れた宇宙生物に向かって、牙を剥き、唸り声で威嚇した。

宇宙生物は鉤爪を屍食鬼に向けた。だが、屍食鬼は素早く身を翻し、その関節に食らい付き、一瞬で食い千切った。

その傷口からは発光する液体が迸《ほとばし》った。それは屍食鬼の顔面や胴体にかかった。

液体を浴びた屍食鬼の皮膚は急速に浸食され始めた。片目は潰れ、胸の筋肉は皮膚と共に剥がれ、肋骨が剥き出しとなった。屍食鬼は咆哮した。

宇宙生物は屍食鬼から距離を置き、自らの傷口を確認しているようだった。すでに出液は止まっている。動きからして、痛みは感じていないらしい。

対して、屍食鬼はある程度のダメージを感じているようだった。その身体を振るわせ、さらに一際《ひときわ》大きく咆哮した。住民や調査団に聞かれることは恐れていないらしい。いや。恐れるだけの知性が残っているかも疑問だった。

と、屍食鬼の肉体の再生が始まった。筋肉が徐々に肋骨を覆い、皮膚が張り、そして青黒い毛が生え揃う。眼球までもが元通りとなった。屍食鬼は宇宙生物を睨み、唸った。

二体の怪物は互いに対峙したまま、様子見を続けていた。互いに未知であるらしく、相手の実力を推し量っているようだった。

ビンツー教授はいゅーぐごうとふ星人の存在は知っていたはずだが、その能力は知らなかったと見える。もしくは、知識は持っているが、それを扱う知性を失っているかだ。

しかし、戦いはやや屍食鬼が優勢に見えた。彼の傷は癒えたが、宇宙生物の腕の修復は始まる様子はなかった。戦いが続けば両者とも傷付くではあろうが、再生能力のある屍食鬼が最終的には勝利を収めるであろう。

レオルノ博士はそっとその場を離れようとした。

だが、屍食鬼は目ざとく彼の動きを察知し、唸り声を上げた。

もし走り出せば、屍食鬼は後を追ってくるだろう。屍食鬼の筋肉の付き方からしてその速度は人間の倍はありそうだ。決して逃げ切れるものではない。十メートルも走る前に追いつかれて、次の瞬間には喉を食い破られるか、心臓を引き摺り出されるかして、絶命してしまうことだろう。宇宙生物が加勢してくれるだろうが、屍食鬼がレオルノ博士を殺すより早く、宇宙生物が屍食鬼を殺すことはあり得ないことのように思えた。今、屍食鬼がレオルノ博士を襲わないのは、逃げようとしていないからに過ぎない。彼が逃げ出せば、屍食鬼は自らの安全よりも、レオルノ博士の殺害を優先するだろう。

彼はそう強く予感した。

「んぐへいくとひゅーん、そいつを侮ってはいけない。今すぐ、息の根を止めるのだ」

宇宙生物は残っている腕のうちいくつかを上げ、不快なブザー音を発した。

垂れ下がっていた黒い雲が不穏な動きを始めた。ぶよぶよと生き物のように動き出したかと思うと、その底からぽんぽんと奇怪な怪物たちが落下してきた。その一つ一つが唾棄《だき》すべきいゅーぐごうとふ星人であった。その数はすでに三十体に達し、さらに増え続けていた。

屍食鬼はさすがに脅威を感じたのか、じりじりと後退を始めた。

墓地に降り立った宇宙生物たちは屍食鬼を取り囲むように移動を始める。

レオルノ博士はほっと安心して、石版を抱きかかえるようにして、宇宙生物群の背後に回り、隠れるようにして屍食鬼を観察していた。

屍食鬼は両手足を宇宙生物たちに向け、隙を見せないようにしていた。

宇宙生物たちは屍食鬼の戦闘能力が推し量れないようで、戦闘に入るのを躊躇しているように見えた。

腕を屍食鬼に奪われた宇宙生物の個体――んぐへぃいぃいぃいぃいぃいくとひゅーんはどこからともなく奇妙な装置を取り出し、それを頭に被った。装置から奇妙な名状しがたい色の光が飛び出し、それが屍食鬼を照らした。

屍食鬼は多少顔を顰めたが、光には視力を奪ったり、動きを止めたりする効力はなさそうだった。

んぐへぃいぃいぃいぃいぃいくとひゅーんは装置を操作した後、不快なブザー音を発した。

すると、突然、宇宙生物たちは一斉に屍食鬼に向かって、飛び掛かった。

どうやら、あの装置は武器ではなく、相手の実力を測定する機械のようだった。いぃゅーぃぃぐごうとふ星の科学力は全く人類には窺い知れないものがある。

最初に屍食鬼の前に到達した宇宙生物はその頭部を一瞬で叩き折られ、動かなくなった。

大量の体液が飛び散ったが、屍食鬼はうまくそれを避けた。

次に襲い掛かった個体は屍食鬼の腕に胴体を貫かれた。

屍食鬼はすぐに腕を引き抜いたが、それはほぼ白骨化に近い状態で、わずかに筋肉や血管が取り巻いているに過ぎなかった。相当な激痛のはずだが、屍食鬼は全く体勢を崩さずに戦闘態勢を維持していた。

貫かれた宇宙生物は動かなくなった。そして、突然破裂し、周囲に体液をぶちまけた。

すでに屍食鬼の腕は元に戻りつつあった。

んぐへぃいぃいぃいぃいぃいくとひゅーんがブザー音を出すと同時に、その頭部が怪しい色に光った。

宇宙生物たちは屍食鬼の周りをゆっくりと回りながらその輪の半径を少しずつ縮め始めた。

どうやら、一体ずつの攻撃は不利と判断したのか、相手の逃げ場を奪った後、一斉に攻撃する戦略に切り替えたらしい。彼我に充分な戦力差があるのだから、この判断は正しい。……と思われたが。

「今コソ、盟約ノトキダ」屍食鬼は呻き声のような声で言った。「出デヨ、ぴっくまんトソノ眷属《けんぞく》ヨ」

墓地の地面が蠢《うごめ》き始めた。

んぐへぃいくとひゅーんが合図すると、宇宙生物たちの動きが止まった。地面の異常に気付いたらしく、じっと観察をしている。

土砂が噴き上がった。そして、その中にビンツー教授とは別の屍食鬼が現れた。宇宙生物の一体に噛み付き、胴体を引き千切った。

大量の体液が飛び散る。

宇宙生物たちの周辺でさらに土砂が噴き上がり、次々屍食鬼たちが現れた。

宇宙生物たちは次々と引き裂かれ、何体かはそのまま地面の中に引きずり込まれた。

それらは翼を広げ、空中に飛び上がろうとしたが、ビンツー教授の変身した屍食鬼に近付き過ぎていたため、互いの翼が干渉し、ぶざまに地面の上に転がることになった。

その隙を狙われ、それらは屍食鬼どもの餌食となった。

驚くべきことに身体を引き裂かれた宇宙生物の多くはそのまま生き続けていた。頭部が残っていれば、知性的な行動をとったし、頭部がないものも、それなりに暴れまわった。

多くの屍食鬼たちは、鉤爪と危険な体液で重傷を負ったが、それらはすぐに回復していった。

空からはさらに宇宙生物たちの、地下からは屍食鬼たちの、それぞれの援軍が次々と現れた。

激しい乱戦となり、屍食鬼側にも宇宙生物側にも大量の犠牲者が発生した。だが、双方とも仲間の死には無頓着のようだった。

レオルノ博士は墓地の中を黒い石版を抱えたまま逃げ惑っていた。そして、いゃーーぐごうとふ星人を召喚したことを後悔し始めていた。

このままでは、けいでいとふといゅーーぐごうとふの間で全面戦争が始まってしまう。そんなことになれば、くとひゅーるひゅーの復活を待たずして、人類は争いに巻き込まれて絶滅してしまうだろう。

両種族とも明るい光に弱い。夜が明ければ、戦いは沈静化するはずだ。だが、残念なことに日没はほんの数分前に過ぎない。戦いはまだ十時間以上続くことだろう。

レオルノ博士は抱えている石版の碑文を隅から隅まで読んだ。どこかに戦いを納める方法が書かれているのではないかと思ったのだ。だが、残念なことにそんな方法はどこにも書かれていなかった。

戦いを終わらせるには、どちらかの種族が全滅するよりはないらしい。今のところ、二つの勢力はほぼ互角のように思われた。互角の戦いなら、ずっと終わりが見えない。しかし、逆に考えれば、どちらかが優勢になりさえすれば、あっと言う間に戦いは終わるだろう。二つの種族のうちどっちに勝って欲しいか。それは、レオルノ博士にとっては考えるまでもないことだった。

レオルノ博士はすでに体液が抜けてしまっている宇宙生物の腕を拾い上げた。先端にはまだ鉤爪が付いている。

これを武器として利用できるかもしれない。もちろん、この程度の武器で屍食鬼に立ち向かったら、数秒で殺されてしまうだろうが、怪物同士の格闘中なら、宇宙生物側に加勢することもできるだろう。

レオルノ博士は乱闘の中で、比較的互角に戦っている宇宙生物と屍食鬼の組み合わせを発見し、そちらに向かった。

その宇宙生物はほぼ全ての腕を千切り取られ、一本のみで戦っていた。だが、屍食鬼の方も皮膚の大半を溶かされ、再生もままならなくなっているようだった。すでに内臓の一部が露出している。

レオルノ博士は手に持った鉤爪を屍食鬼の内臓に突き立てた。

どくどくとどす黒い血液が溢れ出した。

屍食鬼は凄まじい呻き声を上げた。

レオルノ博士は武器として使った鉤爪から手を離し、逃げようとした。

屍食鬼が苦痛で身を捩《よじ》ったとき、格闘中の宇宙生物の体液が飛び散った。それがレオルノ博士の服に付着した。服はじゅうじゅうと激しい音を立てながら、白い煙を立ち上げた。

レオルノ博士は慌てて服を脱ぎ捨て、半裸となった。

皮膚の表面は火傷のような状態になっていた。

早く水で洗浄しなければ体内に浸透していくかもしれない。

レオルノ博士の戦意は急速に失われた。そして、そのまま港の方に逃げ帰ろうとした、その瞬間、屍食鬼が彼の腕を掴んだ。

レオルノ博士には屍食鬼一頭一頭を区別する能力はなかった。だが、今、自分の腕を掴んでいる屍食鬼はビンツー教授の成れの果てであるということが直感的にわかった。

どの程度の理性を保っているのかはわからないが、彼がレオルノ博士であり、不倶戴天《ふぐたいてん》の敵であるとは認識しているようだった。

爪が皮膚に喰い込み、皮下脂肪と筋肉を引き裂くのがわかった。

まずい。このままでは殺される。

レオルノ博士は屍食鬼の腹を蹴り、なんとか戒《いまし》めから逃れようとした。

だが、当然ながら屍食鬼にその程度の攻撃はなんの効果もなかった。

屍食鬼はそのけだものの顔をレオルノに近づけ、くんくんと臭いをかいだ後、長いべと付く舌で、その顔をべっとりと嘗《な》めた。

レオルノ博士はその腐敗臭に強烈な吐き気を覚え、逃げようとさらにもがいた。

だが、その足掻きは屍食鬼をさらに興奮させるだけのようだった。彼は万力のような力で、レオルノ博士の二の腕を握りしめた。

ばきばきと骨が砕ける音が響いた。

レオルノ博士の意識が遠のいた。

17

「是非ともあなたの助けが必要なのです」骨折博士は何度も頭を下げた。「さもないと二人とも命を落とすことになってしまいます」

「だから、何を言ってるのか全くわからんのだ」馬子崎助教は呆れ果てているようだった。「あいつらが何をしようとしてるって？」

「殺し合いです」

「殺し合いたいのなら、殺し合わせておけばよかろう。こっちは大火傷をしていて、歩くだけでも億劫なんだ」馬子崎助教は背中の火傷に巻かれた包帯に触れた。「どちらかがどちらかを殺した後で、警察に通報すればいいんだ。今回、殺し合いを未然に防いでも、どうせまたすぐに始めるさ。決着がつくまで収まらんよ」

「大怪我をされているところに、お願いするのは失礼だと存じています。しかし、彼らの命だけではなく、人類の存亡がかかっているのです」

「そんな大げさな」

「わたしは見たのです。彼らは人外の道に足を踏み入れています」

「あんたの思い過ごしだろう」

「いいえ」

「どうして、そんなに自信があるんだ？」

「わたしもまた、その世界の外の住人だからです」

「医者に診てもらった方がいいんではないか？」

「わたしは一度死んだ身です。……の眷属に命を貰ったのです」

「何の眷属だって？……いや。言わなくていい。聞かない方が良さそうだ」

「わたしが命を貰ったのには理由があるはずです」

「今日、おっさん同士の殺し合いを止めるというのがその理由だと？」

「人類を滅亡から救うためです。もしかしたら、まだこれから別の使命があるのかもしれませんが」

「とにかく、あんたのいうことを確認させて貰うことにする」馬子崎助教は埃《ほこり》だらけの棚から、測定装置を取り出し、骨折博士の頭に被せようとした。

「何をするんですか？」骨折博士は拒否した。

「あんたの頭の中を確認するだけだ」

「危険はないんですか？」

「あんたが只の人間ならね」馬子崎助教は肩を竦めた。「もし、人間でないとしたら、何が起こるかはわからない」

「わたしは自分が只の人間じゃないと言いましたよね？」

「それを確認するには、その装置を使わなければならない」

「矛盾していると思いませんか？」

「論理的にはおかしなところはないと思うが？」

骨折博士はしばらく考えた末に言った。「いいでしょう。調べてください。だけど、もしわたしの言うことが正しいとわかったら、協力してくださいよ」

「まず確認してから考える」

馬子崎助教は骨折博士の頭にプローブを被せると、機械のスイッチを入れた。

があがあと喧しいノイズが機械から聞こえた。

「先に約束してください」

「ちょっと待ってくれ。調整しないと……」馬子崎助教がいくつかのダイヤルを同時に弄った。

「うわっ！」突然、骨折博士は頭を押さえた。

「おかしい」馬子崎助教は口をあんぐりと開けた。「人間の脳でこんな反応はあり得ない。機能は人間の脳そっくりだが、材質が違う。これは金属やプラスチ……」

骨折博士は絶叫すると共に、頭からプローブを取り去った。

「あんたはいったい何者だ？」馬子崎助教は額の汗を袖《そで》で拭った。「こんなものが人として機能するなんて、奇跡としか思えない。奇跡的な超工学だ」

「わたしは修理されたのです」

「誰に？……いや。答えなくていい」馬子崎助教は自分の質問を遮った。そして、溜め息を吐いた。

「何を考えているんですか？」骨折博士は尋ねた。

「いったい何が起こっているのかだ」

「旧支配者の復活が近付いているということでは？」

「いや。そうだとしても、不自然だ。あんたがるりぃーふでくとひゅーるひゅーの復活に立ち会ったとか、ビンツーのやつがようぐそうとほうとふの息子たちと一戦交えたというのは、まあ、あり得ることだと思うんだ」

「あり得ると思うんですね」骨折博士は目を丸くした。

「だが、けいいでいとふやいゅーぐごうとふからの悍ましい種族が、この時点でこの世界に侵入を始めるというのは……」

「どうして、それだけが信じられないんですか？　わたしが採取した痕跡は確かにやつらのものでした」

「確率的にあり得ない。そのような可能性が現実化するなんて……」馬子崎助教は焼け焦げた自分の作った装置をじっと見詰めていた。「そうか。そういうことか……」

「何かわかったんですか？」

「この装置は燃えてしまったんだ」

「知ってますよ」

「あのときはまだ作動中だった」

「確かそうでしたね」

「だとしたら、これを解決できるのはわたしだけかもしれない」馬子崎助教の目が輝き出した。やる気になったようだ。

「あんた、手伝ってくれるか？　大至急、この装置を修理せねばならない」

骨折博士は馬子崎助教の指示通りに作業を始めた。最初は馬子崎助教の意図をおおよそ把握しているつもりだったが、作業が進むにつれ、自分が何をしているのか、だんだんとわからなくなってきた。どう考えても、馬子崎助教は時間稼ぎのために滅茶苦茶な装置を組み立てているとしか思えない。

「この部品をここに配置するのはどういう意味があるのですか」

我慢できなくなって尋ねたら、馬子崎助教は急に不機嫌になった。

「そんなことをいちいち解説していたら、この装置の完成は来年になってしまう。あんたはただ単にわたしの指示通りに作業をすればいいのだ」

作業を始めたのは昼過ぎだったが、気が付くと日はすっかりと沈んでしまっていた。

骨折博士には作業の目的が全くわからなかったので、あとどのぐらいかかるのか見積もることすらできなかった。

突然、空が真っ暗になり、開けた窓から生臭い風が流れ込んできたと思ったら、稲妻《いなづま》が走り、雷鳴が轟いた。

馬子崎助教は慌てて計測器の数値を読んだ。

「ああ。とうとう、あんたの恐れていたことが始まったようだ」

「くそっ!!　間に合わなかったか」

「いや。そうとも言い切れんぞ」

「だって、装置はまだ未完成ですよ」

装置の作動原理を理解していない骨折博士ではあったが、このような電子部品と機械部品を適当に並べて、導電性や絶縁性の接着剤で仮止めしただけのがらくたのような装置が作動するはずがないことは見当が付いていた。

「完全ではないが、充分に作動するはずだ」

「何を言ってるんですか？　これは回路でもなんでもないではないですか？」

「電子回路としては完結していない。しかし、ある種の神秘科学において、この配置には特別な意味があるのだ」

この言葉を聞いた瞬間、骨折博士は猛烈に後悔した。

ああ。この人物はまともな人間ではないのだ。

しかし、もはやこの人物に縋る以外に希望はなかった。まともでなくて何が悪いのだ、他人から見ればわたしもまともではないのだろう。

「場所は……」馬子崎助教は測定器を弄って、メーターを読み取った。「墓地のようだ」

「墓地なんかで何を？」

「あそこには嘔吐家一族の墓がある」

「なるほど。おそらくビンツー教授が墓から何かを見付けようとしたのでしょう」

「ビンツーとは限らんだろう。わしから見れば、レオルノという男も同じ穴の貉《むじな》だ」

「とにかく作動するというのなら、すぐに作動させましょう」

「駄目だ。この状態では目標物の反応を見ながら微調整しないと取り返しのつかないことになってしまう。二人で墓地まで運んでいくのだ」

スペースを考えずに組み立てていたので、台車の上にセッティングするのは難しく、二人で装置を担いで墓地に向かうことになった。

途中、突風と共に豪雨が降り始めた。

「水にぬれても大丈夫でしょうか？」骨折博士は不安になって言った。

「防水ではなく、電気回路が剥き出しになっとるから大丈夫だとは言いがたい。だが、今はどうしようもない。このまま進むぞ」

豪雨は回路の上に降り注ぎ、風に煽られ、部品がいくつか飛んでいった。

だが、馬子崎助教はそんなことには目もくれず、風雨の中を疾走した。

遅れると、装置が手から離れて、泥水の中に落ちてしまうので、骨折博士も必死になって、後に続いた。

墓地が見えてきた。大勢の人だかりができているように見えた。

骨折博士は暴風雨の中、よく見えないので、目を凝らした。

人だかりではなかった。異形の者たちが殺し合いをしているのだ。その数は数十体――いや、百体を超えているかもしれなかった。

「あれは何だ？」馬子崎助教が唸った。

「わかりませんか？」

「いや。だいたいわかった。見るのは初めてだが、『ネクロノミコン』を読んだので、あいつらのことはよく知っている。屍食鬼と宇宙生物だ」

「この装置で撃退できますか？」

「撃退？　そうではない」

「そうではない？」

「人の力であいつらを撃退などはできない」

「では、どうするんですか？」

「存在していないことにするのだ。互いに干渉しなければ、害はない。存在していないのと同じだ」

「すみません。おっしゃっていることの意味がよくわかりません」

「理解する必要はない。この装置は有効だ。ただ、問題がある」

「何ですか？」

「装置は微調整しながら稼働させせなければならない。やつらを近くから観察する必要があるのだ」

「観察すればいいのでは？」

「やつらは人類に友好的であるとは言えない」

「では、どうするんですか？」

「このままじりじりと墓地に近付いて行こう。ある程度近付いたところで、わたしは装置を操作するから君がわたしを守ってくれ」

「守る？」

「わたしに襲い掛かる怪物どもを撃退するだけでいい」

「すみません。わたしは銃を持ってないのですが」

「ああ。気にしなくてもいい。どうせ、あいつらに銃など効かないから」

「じゃあ、どうやって撃退すればいいのですか？」

「わたしを狙うやつがいたら、あんたが囮になって引き剥がしてくれ。それだけで、充分だ」

「わたしの身は誰が守ってくれるんですか？」

「自分の身は自分で守るしかないだろう。やつらも互いに戦ってるんだから、それほど余裕はないはずだ。真剣に逃げればなんとかなる」

「そんな無責任な」

「そもそもわたしには責任などない。不服なら、このまま帰る」

「わかりましたよ。なんとかします」

二人はそろりそろりと、できるだけ怪物どもに気付かれないように墓地に近付いた。

「よし、この辺りでよいだろう」十メートル程まで近付いたところで、馬子崎助教は言った。「装置をそっと地面に降ろしてくれ」

怪物たちの戦いは凄惨《せいさん》なものだった。手足や内臓が飛び散っていた。ただ、身体に重傷を負ったとしても屍食鬼たちは再生するし、宇宙生物は特に支障なく動き回っていた。もし、この戦いに人間が参加したら一たまりもないだろうと思った矢先、墓地の中に人影を見付けた。

「あそこにレオルノ博士がいます」骨折博士は指を差した。

「どの屍食鬼だ？」

「違います」

「宇宙生物になったのか？　だとしたら、たぶん脳移植だな」

「違います。人間のままです」

「だとしたら、長くはもたないだろう」

「我々も生身の人間ですよ」

「だとたら、長くはもたないだろうな」馬子崎助教は他人事のように言った。

「冗談のつもりかもしれませんが、どうやら一匹の屍食鬼が我々に気付いたようです」

「わたしは冗談を好まない」

人間と狼を融合したような姿を持つ屍食鬼が四つん這いのまま、二人に向かって走ってきた。

馬子崎助教は全くそちらの方を見ずに豪雨の中、装置を操作し始めた。

どうやら、骨折博士に囮になれというのは本気らしい。

「こっちだ!! わんちゃん!!」骨折博士は屍食鬼に向かって手を振った。「こっちのおじさんは旨くない。わたしの方が美味しいぞ」

屍食鬼は骨折博士に関心を持ったのか、一瞬立ち止まった。

「そうだ。わたしの方に来い」骨折博士は手招きした。

屍食鬼は不思議そうに彼を見ていた。どうやら、手招きをしている骨折博士を不審がっているようだ。

多くの屍食鬼は人間から変身したと言われているから、人語を解するのかもしれない。人語を解するのなら、交渉も可能かもしれない。

「実はあなたと話し合いたいことがあるのだが……」

屍食鬼は一吠《ひとほ》えすると、飛び掛かってきた。

ああ。話し合う気はないか。もちろん、そうだろうな。

骨折博士は一か八か屍食鬼に体当たりした。

まるで、鉄の塊か何かにぶつかったみたいに、弾き飛ばされた。

だが、屍食鬼にとっても、体当たりは予想外だったと見えて、一瞬戸惑って、その場に立ち尽くした。

骨折博士は地面に倒れたまま起き上がる事すらできなかった。屍食鬼に体当たりするだけで精一杯で、その次の行動は何も考えていなかったのだ。

このままでは食われてしまう。

だが、防御の方法は何も思い付かなかった。

屍食鬼の餌になるのが運命ならば、受け入れるしかないな。

骨折博士はあっさりと諦めた。

屍食鬼はショックから立ち直ったようで、すぐに戦闘態勢に戻り、一回の跳躍で骨折博士の直近に着地した。牙が眼前に迫った。口の中から大量の唾液が垂れていた。

不潔な感じで嫌だな。

骨折博士はふと思った。

屍食鬼は吹き飛んだ。

翼の生えた蟹のような宇宙生物が二本の鉤爪をその喉に突き刺していた。

屍食鬼は唸りながら、宇宙生物の腕を叩き折った。

大量の体液が噴き出し、屍食鬼の肉体を侵食した。

内臓が地面に流れ出す。

屍食鬼は苦しげに咆哮すると、宇宙生物の胴体を引き裂いた。

凄まじい光景と臭気に骨折博士は尋常ではない吐き気を覚えたが、なんとか耐えることができた。

「よし！　起動できそうだ」馬子崎助教が言った。

「早いとこ、頼みます」

「ちょっと待て。急《せ》いてはことを仕損じる」

「善は急げ、とも言いますよ」

ぶうんという低周波が聞こえた。

近くにいる屍食鬼や宇宙生物の動きが止まった。

じっと、馬子崎助教の方を見ている。

「じゃあ、護衛の方は頼むよ。あと、二、三分で調整は終わると思うから」

「二、三分⁉　二、三分も素手で怪物を相手にしろと⁉」

「無理なら、人類は終わる」

「うわー‼」骨折博士は馬子崎助教を庇うように飛び出した。

二体の屍食鬼と三体の宇宙生物が飛び掛かってきた。そして、怪物同士が絡み合い、掴み掛かった。

戦いに加わることも逃げることもできず、骨折博士は呆然と立ち尽くしていた。

ふと、墓地の方を見ると、レオルノ博士が屍食鬼に腕を掴まれていた。もう一刻も余裕はなさそうだ。

「馬子崎さん！」

「今、やってる」馬子崎助教は煩そうに言った。

レオルノ博士は絶叫し、跪いた。腕は捻じれるように曲がっている。おそらく複雑に骨折しているだろう。

突然、怪物たちの姿が揺らいだ。

骨折博士は目に雨が入ったのかと思ったが、数秒後ふたたび彼らの姿が揺らいだとき、レオルノ博士の姿が揺らがなかったことに気付いた。

そして、レオルノ博士の腕を掴んでいる屍食鬼の姿がビンツー教授の姿と二重になった。

「何が起こってるんですか？」

「あいつらを元の状態に戻そうとしているんだ」

「元の状態って、元の世界ってことですか？」

「違う！　説明している暇はない。静かにしてくれ！」馬子崎助教は怒鳴り付けた。

装置からはばちばちと火花が飛び散り、白い煙が立ち上った。これが正常な状態とは思えない。雨が原因でショートが起こっているのだろう。ひょっとしたら、重要な部品がいくつか風に飛ばされたせいかもしれない。

だが、馬子崎助教はそんなことには頓着せずに、調整を続けた。

一体の宇宙生物が鉤爪を馬子崎助教の頭頂部目掛けて振り下ろした。

骨折博士はその腕に飛び付いた。

鉤爪は無情にも馬子崎助教の頭を直撃した。

その一瞬、宇宙生物の姿が揺らいだ。

鉤爪はそのまま馬子崎助教の頭を通り抜けた。

彼の頭は無事だった。かすり傷一つない。

「これは……」骨折は奇怪な現象を目の当たりにして、呆然とした。

「この世ならざるものを、この世ならざるところに返そうとしているだけだ。何の不思議もない」馬子崎助教は顔色一つ変えなかった。「よし、あと少しだ」

馬子崎助教が微調整を始めると、怪物たちの姿は消えたり、現れたりを繰り返した。屍食鬼だけが消えたり、宇宙生物だけが消えたりして、その度に相手を探して怪物たちはきょろきょろした。何度も二種類の怪物が同時に消える瞬間もあった。

現れては消える怪物たちの攻撃は何度も馬子崎助教や骨折博士を掠りひやひやしたが、ついに二群の怪物たちは消滅した。

墓地の中から男たちの悲鳴が聞こえた。ビンツー教授もレオルノ博士も一瞬睨みあった後、その場に倒れた。

「やった！」

「まだだ。この状態を固定し安定させなければ、ちょっとした変動でまた姿を現す」

その言葉の通り、フラッシュのように怪物たちは、その後も瞬間的に姿を現していたが、調整が進むにつれて、出現の頻度《ひんど》が減っていった。

「よし完了だ！」

馬子崎助教がそう宣言した瞬間、装置は発火し、大きな炎が噴き上がった。

「成功ですか？」

馬子崎助教は無言で頷き、その場に座り込んだ。

骨折博士は墓地の中で倒れている二人に近寄った。二人とも相当なダメージを受けてはいたが、命に別状はないようだった。

「これはいったい何が起きたんですか？」

「ビンツーが屍食鬼に変身する世界も、レオルノが宇宙生物を召喚する世界も、この世界の本来の姿ではなかったのだ」

「並行世界ということですか？」

「そう考えてもいいが、わたしの考えでは少し違う。世界同士は平等ではない。この世界が唯一の世界で、その他は可能性のみの世界なのだ」

「どうして、その可能性のみの世界が現実化したのですか？」

「Yの息子との戦いで、わたしの装置を使ったことを覚えているか？」

「ええ。あの装置の力で、あの怪物を実体化させたんですよね」

「あんたは、わたしの装置が怪物に影響を与えたと思ってるのか？」

「もちろんです」

「実はそうではないのだ」

「えっ？」

「わたしの装置が影響したのはあの怪物ではなく、我々の脳なのだ」

「どういうことですか？」

「我々の脳はあの怪物を認識するようにはできていなかった。だから、わたしは認識できるように我々の脳に刺激を与えたのだ」

「わたしの脳にもですか？」

「もちろんだ」

「特に打診はされませんでしたよ」

「緊急事態だったんでな」

「事後説明もなかった」

「言っても不安になるだけだろうと思ったのだ。しかも、事態が終息すれば、脳内の状態を元に戻すつもりだったから、何の不都合も起こらないはずだった」

「しかし、その作業をする前に、装置は壊れてしまった。そういうことですか？」

「その通りだ。だから、我々の脳の部分的な活性化は続いてしまったのだ。本来不必要なのに」

「それと怪物たちの現実化は関係あるのですか？」

「本来、人間の脳は可能性だけの世界を認識することはできない。だが、活性化してしまった我々の脳は可能性の世界を認識してしまったのだ。そして、認識した段階で相互作用が始まる。ビンツー教授が屍食鬼化した世界、レオルノ博士が宇宙生物と和解した世界はそのような可能性のみの世界だったのだ」

「だから、もう一度あなたの装置を使って、我々の脳を不活性化すれば、彼らは現実でなくなり、消滅してしまう」

「そんな単純なものではない。脳は活性化と非活性化の二値しかとらない訳ではない。彼ら非現実の存在を感じ取る感度が最低になるように微妙な調節が必要だったのだ」

怪物どもが消えるとすぐに突風と豪雨も終息した。

倒れていた二人のうち、先に目を覚ましたのはレオルノ教授の方だった。「いったい何が起こっ……痛い!!」彼は腕を押さえた。「これは骨折しているではないか」

「怪物が消えたのに、骨折したままなのはどういうことですか?」骨折博士は馬子崎助教に尋ねた。

「この装置はタイムマシンではない。この可能性の世界が現実化して、この世界に残した影響はそのままになるのだ」

続いて、ビンツー教授が意識を取り戻した。「おお。これは何たることだ。墓地で戦う悪夢を見ていたと思ったら、本当に墓地にいるではないか」

「夢ではなかったんだよ」骨折博士がビンツー教授に言った。

「自分が屍食鬼になっていたような気がする」

「実際、屍食鬼になっていたよ」

「だとしたら、わたしの腕を折ったのは、ビンツー君だな!!」レオルノ博士が痛みを堪えながら言った。

「それは君が異星の怪物をわたしにけしかけたからだ。そう言えば、あいつらはどうなった?」

「この世界の本来の歴史ではあり得ない存在だったから、元の可能性の世界に戻って貰った」馬子崎助教が答えた。

「なるほど。そういうことか」ビンツー教授納得したようだった。

「わたしは全く納得できない！」腕を押さえながら、レオルノ博士は不満をもらした。「わたしの腕が折れたのは、夢や幻覚では説明できない」

「どっちにしても自業自得だ。調査団本部の救護班に手当てをして貰うか？」

「いや。自分で救急車を呼んで近くの病院で手当てをして貰う」レオルノ博士はふらふらと墓地から出ていった。

「これは何だ？」ビンツー教授はまだ燃えている装置を指差した。

「あんたらを助けた装置だ」

「もう一度同じものをわたしに作ってはくれないか？」

「断る」

「資金は好きなだけ提供できるが」

「金の問題ではない」

「……まあいい。作動原理はだいたい理解できている」ビンツー教授は吐き捨てるようにいうと、その場を去っていった。

「あいつにこの装置を作るのは無理だ」

「どうして、そう言えるんですか？」

「あいつの持っている『ネクロノミコン』の写本は不完全だからだ。わたしの持っている『ネクロノミコン』と比較して初めてわかった」

「どうして、そんなことがわかるんですか？　ビンツー教授があなたに『ネクロノミコン』を見せたとは思えないんですが」

「ああ。松田竹男というあんたらの仲間から内緒でコピーを貰ったんだよ。あの巨大怪物と最初に遭遇したときにビンツー教授が落としてしまったのを拾い集め、こっそり全部コピーし、オリジナルは何食わぬ顔でビンツーに返したそうだ。わたしが君たちとようぐそうとほうとふの息子との戦いを手伝ったのは、そのコピーと引き換えだったからだ」

「じゃあ、今回手伝っていただいた理由は何ですか？」

「あの怪物との戦いのときのわたしの仕事が中途半端だったからだ。わたしのせいで人類が滅亡しては夢見が悪い。いや。人類が滅亡すると言うことはわたしもいなくなる訳だから、夢も見ないだろうが」

「とにかく、元の世界に戻ってよかったです。あっ。ひょっとして、わたしの記憶もこの世界のものではなかったんでしょうか？　玩具修理者の記憶です。人間が玩具のように修理されるというのは、よく考えたらおかしな話ですし。そう言えば、あの記憶は真実でないような気がしてきました」

「さあ、それは……」

「例の装置でもう一度頭の中を調べていただけますか？」

「それは容易《たやす》いこと……いや。やめておこう」

「どうしてですか？」

「人には知らない方がいいことがある」

「わたしが本当に修理されたと思ってるんですか？」

「わからない」

「だったら、調べてみればいいではないですか？」

「調べれば安心が得られると信じているのか？」

「もちろんです」

「信じているのなら、敢えて調べる必要はあるまい」

「いや。それはそうなのですが、はっきりさせた方が……」

「逆に取り返しのつかないことになるかもしれない」

「……」

「わたしは善人ではないが、他人の人生に介入するのは真っ平御免だ。もし調べたいのなら、自分でどこかの病院に行って調べて貰うがいい」そういうと、馬子崎助教は装置の燃え滓《かす》を抱えて帰っていった。

そして、骨折博士はいまだに医療機関に検査を頼めないでいる。

18

その後、数か月の間、調査が続き、報告書が作成された。

ＣＡＴ委員会は不気味な事故が続いたことで、この地に研究所を建設することを渋ったが、ビンツー教授が強引にこの地を推薦した。

怪奇現象が頻発したのは、この地が特別の場に覆われていることを示すもので、Ｃ研究にはうってつけだ。それに、Ｙの息子との戦いで、港町の大部分は崩壊しており、広大な敷地が更地同然で手に入るという利点は大きい、と。

数か月後、大規模な造成と測量が相次いで行われた。

建物を撤去すると、すぐその下から別の建物が発見された。それらは重層的になっており、掘るごとに古い時代のものとなり、いつしか遺跡と呼べるようなものが出現するようになった。本来なら綿密な調査を行わなければならないが、そのような時間は残されていないということで、ビンツー教授の独断の下、それらの遺跡は簡単な測量と写真撮影、および遺物のおざなりな採集が行われた後、こともなげに破壊された。

この地には文化が存在していなかったと言われる平安時代の遺跡が出てきたときには、さすがに調査員たちもはたして破壊していいものかと躊躇したが、ビンツー教授は一瞥後、破壊を命じた。

さらに深い地層は弥生時代に相当するはずだったが、その時代にそぐわない壮麗な神殿が見付かり、さらに縄文時代の地層には、石造りの奇怪な遺跡が見付かった。それらは、日本に高度な建築技術がないとされていた時代であり、年代推定が正しければ、世紀の大発見であるし、仮に年代が間違っていたとしても、稀有《けう》な遺跡であることは誰の目にも明らかだった。だが、ビンツー教授はそれらの遺跡をダイナマイトで破壊することを命じた。

もちろん、ビンツー教授に近しい者たちの中にも彼の振る舞いを批判するものたちはいた。

このポイントにこのような遺跡があること自体が、君の学説を裏付けるものではないのか。まずは遺跡の詳細な調査と分析が必要なのではないか、と。

ビンツー教授は彼らの意見を鼻で笑った。

もちろん、調べれば新たな知見は得られるだろう。だが、それが何だというのだ？　研究所の建設がCの復活に間に合わなければ、まさに本末転倒だ。対Cのための情報とサンプルはすでに入手済みだ。これ以上、遺跡の調査分析に無駄に時間と労力を投入する訳にはいかないのだ。

さらにその下の地層には現代科学では理解しがたい奇妙な幾何学を利用した未知の都市が見付かった。考古学者たちはるりぃーふとの類似点を主張し、詳細な調査が是非とも必要であると進言したが、ビンツー教授は誰にも相談せずにすべて瓦礫へと変えた。

あまりにも膨大な瓦礫は運び出すこともできないため、それらはすべて周辺の土砂で埋められることになった。

この辺りの海抜は低く、濁った海に近い上、周辺の荒廃した山々から奇妙な色をした川が流れ込んでくるため、海水と淡水が入り混じった湿地帯が形成されていた。住居の下はそれなりに盛り土がされていたため、多少湿気が多いぐらいの環境だったが、家々がなくなったことにより、地下の水分が表面に出てきた。それは独特な臭気を含み、作業員たちを辟易《へきえき》とさせた。

大量の瓦礫《がれき》と地下水の上に撒かれた土砂はすぐに水分を含み、泥へと変じた。ビンツー教授はさらに大量の土砂を搬入させたが、いくら土砂を運びこんでも、いつの間にか泥へと転じ、ずるずると沈降していった。

ビンツー教授はさらに予算を計上し、大量の杭を打ち込んだり、地中にコンクリートを注入したりして、地盤改良に励んだ。当初は効果があるように見えたが、工事の後、地震や豪雨が相次ぎ、整備された地面は罅割れ、さらに液状化が起こり、冠水を繰り返した。

痺れをきらしたビンツー教授は地盤改良を諦め、現状でビル建設を進めると宣言した。

技術的にも、法律的にも、この地盤の上に高層ビルは建築できないと、多くの建築家は指摘した。

だが、ビンツー教授はCAT委員会と国連に働きかけ、この地においては、建築法が適応されないという条約を強引に政府に結ばせた。

建築史上稀に見る無謀な状態での都市建設が始まった。

そもそもが、何十棟もの高層ビルを夥しい数の空中回廊や地下道で接続した複雑怪奇な構想であったが、建築途中で、地盤沈下が頻発し、繰り返しの設計変更を余儀なくさせられた。建築法どころか、建築工学すら無視せざるをえなかった。廊下や階段は奇怪な角度に歪み、天井と床すらも水平ではない不快な傾きを持っていた。床の高さは建物ごとにばらばらでそれらを無理に接続したため、さらに建物の歪みは大きくなり、あちこちで破綻し始めた。破綻が発生するたびに突貫工事を行い、とりあえずの辻褄を合わせるようなことが繰り返された。

多くの近代都市は水平と垂直の面で構成されるものだが、この都市は全く違っていた。奇妙な角度の斜めの面と奇怪な曲線で形作られていたのだ。

ある日、丘の上からその都市を見下ろした馬子崎堅朗は、激しい吐き気を催した。それは都市などには見えなかった。馬子崎助教には強大な頭足類が重機や作業員を飲み込もうとしているように見えたのだ。

馬子崎助教は大慌てで家に戻ると、秘密の本棚から『ネクロノミコン』の二種類の写本を取り出し、比較しながら、ぱらぱらとページを捲った。

間違いない。

ビンツー教授が持っている方の写本には描かれていない図形があった。それは狂った幾何学の賜物《たまもの》であった。

馬子崎助教は震える手で、その図形をなぞった。

ビンツーは何と悍ましいものを作り上げようとしているのだ。あいつはちゃんと理解しているのか？

いや。理解していない。あいつはこの図形を見ていないはずだ。

では、なぜあの街はこんな形なのか？

あの図形は意図的に作られたものではない。さまざまな偶然が重なって生まれたものだ。

でも、本当に偶然なのか？　偶然に見えているだけではないのか？　骨折博士たちがるりぃーふでくとひゅーるひゅーの復活に遭遇したのも、我々がようぐそうとほうとふの息子たちと戦ったのも、何者かの意思であったのではないだろうか？

すべての材料はビンツーに与えられた。何者かはビンツーに何をさせようとしているのか？

馬子崎助教は悪寒を覚え、がたがたと震え始めた。

わたしにしてもそうだ。なぜ、ビンツーに助力などしてしまったのだろうか？　恐ろしいものを倒したつもりで、さらに悍ましいものを深淵《しんえん》から引き揚げてしまったのではないか？　だとしたら、人類の時代の終焉は近いのではないか？　我々はもはや破滅への一本道をひた走っているのではないだろうか？

だが、不思議なことに馬子崎助教は微かな希望をも感じ取っていた。

松田竹男と篠山みどりといっただろうか？　あの二人の若いＹＩＴＨの科学者たちは、単に操られているだけではないような気がする。彼らは何かを持っている。近い将来、人類に打ち破れなかった壁を突破しそうな予感がする。それが何を意味するのかは全くわからないが。

馬子崎助教は穢れたものに蓋をするように本のページを閉じ、装置の修理作業に入った。

ビンツーなんぞに関わっている暇はない。わたしはこの装置を完成させるのだ。

いや、待て。わたしもまたビンツーと同じことをしている可能性はないのか？　そんなはずはない。わたしは人類を救ったではないか。可能性の世界からの侵略を食い止めた。しかし、実在していない世界からの侵略とはつまり何を意味しているのか？　ひょっとすると、彼らの世界と我々世界には、違いはないのではないのか？　だとしたら、この世界もまた可能性の世界だということになる。まだ実在していない架空の計算上の世界。

馬子崎助教は擦れて薄くなった袖で、溢れ出す額の汗を拭った。

もうこれ以上恐ろしいことを考えるのは、やめよう。わたしはわたしがすべきであると定められたことを行うのみだ。それがわたしを苦しみから解放してくれる唯一の道なのだ。たとえ、それが善であろうとも、悪であろうとも。

馬子崎助教は新鮮な空気を入れようと窓を開けた。

だが、入ってきたのは、饐《す》えた生温かい風だった。奇怪な物質が淀む呪われた湾を越えてくる邪悪な風。

見下ろすと、そこには一歩の道があった。

それは完成しつつある狂おしいC市に続く道だった。

C市

その街の空はいつも鉛色《なまりいろ》だった。

わたしがそこで暮らしたのは九カ月余りだったが、快晴や嵐の日は一日となく、毎日が陰鬱《いんうつ》な鉛色の天気だった。時には雨が降ることもあったが、まるで霧のように細かな粒子が地面をほんの僅《わず》か湿らすだけだった。

湿気の多い風は仄《ほの》かに腐臭を含み、まるで衣服を絡め取るかのようにねっとりと全身に纏《まと》わりついた。そのせいか、油断をすると壁や天井や家具や本や人体にすら奇妙な胸糞悪い色をした黴《かび》が増殖した。

わたしは自分にあてがわれた部屋の中で、一日中——研究所に出勤して、不在の時も——除湿機を回し続けていたが、その甲斐《かい》もなく、部屋全体が常にしっとりと濡れていた。

なぜ、こんな場所に研究所を建てたのだろう？　赴任《ふにん》当初わたしは同僚たちにぼやいた。ここのみんながおかしいのはこの気候のせいも少しはあるんじゃないかしら？

同僚たちの殆どはわたしのぼやきを無視した。中には鼻先で笑う者もいた。

ただ一人、日本人科学者である骨折《ほねおり》博士だけはすまなそうに答えてくれた。メアリー、日本の街がみんなこんなだとは思わないで欲しい。ここは特別なのだ。君も知っている通り、研究所が建つまで、この場所には小さな漁港があるだけだった。地形と海流のせいで、常に大量の水蒸気を含む風がここに吹きつけてくる。作物も殆ど育たず、ここの住民は荒々しい海に出て乏しい海産物をとるしかなかったんだ。停滞した海流のせいか、ここら辺りの海に棲む生物は何かのミネラルが不足しているらしく、他の地域のものよりも小振りで奇形も多い。あるいは、何かが過剰《かじょう》なのかもしれない。とにかく、そのせいで、ここの住民達は血色も悪く、日本人離れした風貌《ふうぼう》をしている。もっとも、レオルノ博士によると、ここの住民の身体的特徴は食物のせいではなく、近親結婚を何代にもわたって続けたのが原因らしいんだが。ああ。近親結婚を繰り返したのは事情があったんだ。彼ら自身が望んだことじゃない。いつの頃からか、近隣の住民たちがここの住民と縁組を結ぶのを極度に嫌うようになったからなんだ。恥ずかしいことだが、この地域ではほんの数十年前まで馬鹿げた地域差別の悪習が残っていたらしい。実は僕の祖父はこの近くの出なんだが、ここの住民の容姿を嘲《あざけ》る特別の言い回しまであったらしい。全く酷《ひど》い話だ。まあ、そのおかげで研究所の用地をびっくりするほど安く手に入れられたんだがね。

以前、短期間調査団に参加したときに、ほぼ同じ内容の話を聞いたことがあるので、彼の言葉は真実なのだろう。

CAT研究所は数キロメートル四方にも及ぶ広大な敷地に建てられていた。数十棟からなる建築物の群れは、一つの研究所というよりは都市の様相を呈していた。それも真新しい近代都市ではなく、なぜかすでに滅亡した古代都市のような印象を見る者に与えていた。CAT研究所が日本に建設されることに決まった経緯はさだかではない。ただ、わかっているのは、ここを調査したビンツー教授がこの地を強く推したということだ。この土地の本来の名前は何かの禁忌《きんき》があるらしく、めったに耳に入らないため、すっかり忘れてしまった。仲間内ではCAT研究所があることから、単にC市と呼ばれていた。

C市は猥雑《わいざつ》と言ってもいいほど、統制のとれていない佇《たたず》まいの街だった。各国が思い思いの形をした建物を設計したために、建物間で色や形の統一が全くとれていない。階数どころか、一階分の高ささえまちまちだった。それも、どうやら日本政府が各国に送った敷地図に間違いがあったらしく、建築途中で互いにぶつかりそうになった建物を急遽捻《きゅうきょね》じ曲げた跡や、諦めて全く違う様式の建物を融合してしまったらしき部分があちらこちらに散見された。しかも、元々湿地だったためか、地盤の脆弱《ぜいじゃく》さは予想を超えるものだったらしい。建築中に早くも地盤はうねうねと褶曲《しゅうきょく》し始めた。限られた時間と予算の中で街の建造はそのまま続行され、殆どの建物は奇妙に捻じ曲がった状態で完成してしまった。屋根も柱も壁も床も天井も窓もドアもすべて様々な角度を持っていた。建物の色も湿気と黴のせいで変色しており、わたしは街を見渡す度に奇妙な吐き気をもよおした。

C市に住んでいたのは大勢の科学者と様々な雑用を請け負う職員たちだった。わたしを含め、科学者たちは世界各国から集められていた。そして、その過半数はビンツー教授を中心とする主戦派に属していた。その次に多い勢力はラレソ博士をリーダーとする反戦派——骨折博士もこのグループに属していた——である。そして、最も弱小な勢力が、わたしが属している懐疑《かいぎ》派だった。このグループには明確なリーダーすら存在していなかった。

主戦派の科学者たちはC——彼らはCthulhuという発音をすること自体、重大な結果を齎《もたら》すと信じていて、常に頭文字《かしらもじ》で呼んだ——を討《う》つべしという点では意見の一致をみていたが、もちろん彼らとて一枚岩ではない。

ビンツー教授自身はCをあらゆる環境に瞬時に適応できる宇宙生命体の超進化形態であると考えていた。Cが地球に飛来したのは先カンブリア代だと考えられている。それから今日に至るまで同一個体が生息しつづけている。その間、地球環境は何度となく大規模な変動を経験した。また、地球に来る以前、Cは別の惑星にいたはずだし、そこから地球まではおそらく宇宙空間を旅してきたはずだ。地球においても、陸上と海底の両方に生息できたらしい。つまり、Cはあらゆる環境に耐え得るということだ。Cに知性があるかどうかは明らかではないが、少なくともどのような環境にも適応できるほどに進化していることには間違いない。おそらくすでに究極の進化を終えているのだろう。そのような存在にはもはや知性の有無などという瑣末《さまつ》なことは無意味なのかもしれない。

主戦派内の別の分派はCをこの宇宙に属するものとは考えていなかった。彼らによると、Cこそは異次元知性体の一断面であるという。Cの最大の特性は、それを理解することが不可能だと言うことだ。それがなぜ存在するかという合理的な説明すら不可能だ。なぜなら、我々人類はすべての存在をこの宇宙の範《はん》疇《ちゅう》の中で理解しようとするからだ。しかし、もしCがこの宇宙に属さないものだとしたら、理解不能で当然だと言える。超進化などという定義不能な概念も持ち込まなくてすむ。そもそもこの宇宙は有限なのだから、必要なだけ充分に進化する余地は存在しない。もしそのような進化を達成しているとするなら、それはこの宇宙外の存在にほかならない。例えば海面にのみ生息する生物がいたとしよう。そして、その生物は海水と空気の境界に囚《とら》われ、海中に潜ることも空気の中に飛び出すこともできないとしよう。その生物にとって、活動範囲は海面だけであり、いつしか海面以外の領域を認識することすらできなくなってしまう。もしその生物の生息域に人間が踏み込んだとしたら、どうなるだろうか？　生物は人間が海面と接している部分しか認識することができない。空中に出ている部分も海中に潜っている部分も、生物にとっては無である。人間が足首の辺りまで水に浸《つ》かって、ばちゃばちゃとその領域を歩き回ったとしよう。生物の感覚においては、人間とは形や大きさが様々に変わるだけでなく、数すら不定であり、しかもその近くでは世界が変容するほどの怪現象を起こす存在なのだ。その生物と人間の関係が、人類とCの関係に相当するとしたら、どうだろうか？

さらに別の分派は、Cを時間的無限大に位置する究極観測者の探査針だと主張していた。彼らはまた強い人間原理の信奉者《しんぽう》であった。この宇宙の遺伝子とも言える様々な物理定数――光速度、プランク定数、素電荷、重力定数、空間の次元数等――が、ほんの僅かであったとしても、我々の知る値からずれていたとしたら、人類が存在できなかったことは簡単なシミュレーションで証明できる。ではなぜ、この宇宙は我々のためにしつらえたような物理定数を備えているのか？　弱い人間原理ではこう説明する。それはたまたまそうなったのだと。例えば宝くじに当たった人は自らの幸運に何かの原因を求めるかもしれない。しかし、それは偶然に過ぎないのだ。宝くじに当たるなどという幸運が偶然で説明できるとは思えないかもしれないが、それはあとづけの考えなのだ。そもそも宝くじに当たっていなければ、なぜ宝くじに当たったのかという疑問は発生しない。もしこの宇宙の物理定数がずれていたならば、問いを発する人類そのものが存在しなくなる。人類が発生している宇宙の物理定数が人類の発生に適しているのは不思議でもなんでもない。だが、強い人間原理の支持者はそれとは違う考えを持っている。宇宙は人間が観測することによって、まさに正しい物理定数を獲得することができたのだ、と。二十世紀に生まれた量子力学は観測問題というある種、哲学的な命題を科学者たちにつきつけた。誰も観測していない状態では、どのような現象も不確定な波の形でしか存在できず、人間の観測という行為があって初めて、具体的な現象になれることが示されたのだ。つまり箱の中にいる猫の生死は確定しておらず、蓋《ふた》を開けた瞬間に決定されることになる。人間原理の信奉者はこの解釈を宇宙開闢《かいびゃく》時点の物理定数決定過程にまで拡大した。つまり、人間が宇宙観測することにより、無限の可能性の中から人間が生存を許されるこの宇宙の姿が確定したと考えるのだ。Ｃのことを知った人間原理主義者たちは、さらにこの考えを推し進めた。過去の宇宙が現在の人類の観測によって確定したのなら、現在の宇宙は未来の何ものかの観測によって確定したのではないか。そして、その未来の宇宙はさらに未来の何かの観測によって確定したのではないか。こうして原因を追究していくと、ついには時間的無限大に位置する究極観測者の概念に達する。それは最終観測者であり、それ自身は何ものにも観測されることはない。それが観測することにより、この宇宙の過去・現在・未来が無限の可能性の中から選び取られ、確定した。人間が光子や電子やフォノンを介して観測を行うように、究極観測者も何かの探査針を使って観測を行い、この宇宙と相互作用をしているはずだ。時間的無限大から来る探査針の作用はとてつもなく増幅されていることだろう。おそらく、Ｃはその探査針の役割を担っているのだ。全時空間に広がっているその特性を説明する解釈は他にない。

　さらに奇妙な解釈としては、Ｃを人類の進化に対応した暗在系の非生命反応だとするものがあった。ここまで来ると現代物理学の範疇を大きく逸脱《いつだつ》してしまうため、賛同者はさほど多くはなかったが、一つの勢力であることには間違いなかった。この世界は人類に観測可能な領域と、観測不可能な領域からなっている。観測不可能な領域は時空の地平線の向こうのことでもいいし、プランクの長さ以下の極微の世界のことでもいい。とにかく、その領域は人類にとっては全く不可知である。しかし、不可知領域——暗在系——は可知領域——明在系——と相互作用しないわけではない。この派の科学者たちは物理法則が通用しない暗在系を導入することによって、相対論と量子論の間に横たわる理論的矛盾を解決しようとした。例えば、相対論で禁止されているにも拘らず、量子論ではその存在が不可欠である超光速は、この暗在系の中だけに存在すると考える。超光速が存在したとしても、それが現実に観測されることがなければ、相対論に抵触しないと考えるのだ。人類の進化には様々な謎が含まれている。そのうち最も大きな謎は、五万年前の段階で人類の進化はほぼ終わっていたということだ。なぜ石器しかない時代に現代人と同じ性能を持った脳が必要だったのか？　そして、なぜ五万年前の時点でその進化が止まらねばならなかったのか？

暗在系の信奉者たちは、その原因を暗在系に求めた。暗在系の中で人類の進化に呼応《こおう》する存在こそがCなのである。Cそのものは生命ではない。しかし、生命と相互作用を持つが故にあたかも生命であるかのように振る舞う。それは暗在系に存在するため、決して物理的に観測することはできない。ただ、互いに呼応する人類の脳には影響を与えることができる。Cの超越性と普遍性はこの理論で完璧に説明することができる。つまり、人類の急速な進化とその後の停滞は、Cの死と復活とに密接な関係があるのだ。

各派は互いに相容れない理論を展開し、激しい論争を繰り返した。異次元派や無限大派、そして暗在系派は最初Cと対戦することは無謀だと考えていた。それは通常の物理的存在ですらないのだから。しかし、ビンツー教授は、一刻も早くCに対する攻撃手段の開発を始めるべきだと主張した。そして、辛抱《しんぼう》強く何度も繰り返し、他の派閥を説得し続けた。たとえCが異次元の生物だとして、それがなんだというのか？三次元空間に住む我々にとっては、それが断面であろうと三次元の存在しか意味がない。高次元の肉体を持っていたとしても、それで我々に触れることすらできない。だとすれば、異次元生命の三次元空間における断面は、この三次元に住む生命と違いはない。ひょっとすると、我々だって自分たちが気付いていないだけで、高次元生命の一段面に過ぎないのかもしれないではないか。

無限大派のみなさんは大きな勘違いをしている。究極観測者は我々を観測できるが、我々は決してそれを観測できない。これは証明云々の話ではなく、究極観測者の定義の話なのだ。もしそれを観測することができたのなら、それは究極観測者ではありえない。観測したあなたが究極観測者だということになってしまう。究極観測者はむしろAの属性ではないか。それに対し、無限大派は反論した。確かにAは究極観測者だろう。だが、我々はCを究極観測者だと言っているわけではない。我々とAの間に存在し、相互作用の橋渡しをする媒体こそがCだと言っているのだ。究極観測者はそうやって全時空領域を観測する。つまり、全時空領域と相互作用するのだ。Aと相互作用する全時空領域は、Aに対するという意味合いにおいて、Yそのものである。そして、我々もまたYの一部なのだ。ビンツーはさらに食い下がる。しかし、Aが究極の、そして最終の観測者だとしたら、直接間接の違いこそあれ、全宇宙の森羅万象《しんらばんしょう》はAの被観測物なのではないか？　だとすると、CもまたAの被観測物であり、Yの一部ということになるのではないか。もしそうだとしたら、我々とCは同格の存在だ。確かにAは不可侵《ふかしん》の存在かもしれないが、Cはそうではない。Cが真に暗在系の存在だとしたら、それは全く我々の観測に掛からないはずだ。しかるに、今この世界はC復活の兆しに満ちている。これをどう説明するのか？　暗在系派は反論する。暗在系を直接観測することは不可能だが、その痕跡《こんせき》は確認でき得るのだ。例えば、波動関数を直接観測することはできないが、無数の粒子の分布を探ることによって、その形を類推することはできる。それと同じようにC自体を観測することはできないが、多数の人間の夢や幻想を統計的に処理することによって、Cの振る舞いを間接的に類推することはできるのだ、と。ビンツーは諦めない。いいだろう。Cそのものは決して観測できないし、この世界に姿を現すこともないとしよう。しかし、それにも拘らず、Cの兆しはこの世に現れることだろう。そして、その徴候こそが、我々の言う宇宙生命体の超進化形態だとしたら？

各派閥は次々とビンツーに論破《ろんぱ》され、主戦派に組み込まれていった。今や主戦派に組み込まれていないのは二つの小派閥だけだった。

ラレソ博士をリーダーとする反戦派は、Cを解釈すること自体を放棄していた。彼らはCの正体を云々すること自体ナンセンスだと考えていた。Cは人知を超えた存在であり、人間の言葉で表現することも、人間の知性で理解することもできない。それがCの本質だ。しかし、人間は正体がわからないものに対して恐怖する。そして、恐怖から逃れるために、恐怖の対象に名前を付け、分類し、解釈しようとする。そのことによって、恐怖そのものを捉まえることができるかのように。しかし、それは錯覚に過ぎない。名前を付けたからといって、その存在を支配下に置くことはできないのだ。そうやって、自分たちを欺《あざむ》いても仕方がない。我々がしなければいけないのは、まず認めることだ。Cは、人類の知性では捕らえきれない程強大で、戦うことなど不可能だ、と。我々にできることはただ、Cが人類に無関心であるようにと祈ることだ。戦いを挑むなど、もってのほかだ。我々にできるのは、Cがこの世界から去っていくまで、息を殺して逃げ隠れすることだけなのだ。ビンツーはこのグループをも論破しようとした。隠れれば見逃してくれると考えるのは安易過ぎる。攻撃は最大の防御だ。だが、反戦派の人々は薄ら笑いを浮かべて答えた。あなたは、猫の前から姿を消す鼠《ねずみ》と、自分から猫に戦いを挑む鼠とどちらが長生きできると思うのか？　と。反戦派は主戦派と一線を画し、決して折り合うことはなかった。

残りの最も少数のグループが懐疑派だった。そして、最も理性的だった。主戦派、そして反戦派の主張はどれも根拠のあるものではなく、仮説に過ぎない。仮説の検証は三段階の手続きを踏んで行われる。まず、その仮説自体に矛盾が含まれていないことの確認。これは説明するまでもないだろう。自らを否定するような理論は問題外だ。そして、第二は現実の観測事実に合致《がっち》していることの確認。たとえ、どんなに綿密に構築された理論であったとしても、現実から遊離していては単なる思考遊戯でしかない。そして、第三に単純であることの確認。つまり、「オッカムの剃刀《かみそり》」の要請である。人はこれを忘れがちである。ある仮説に執着している場合、それが観測事実に合わないと、それを捨てる代わりにパッチを当てて、理論の綻《ほころ》びを隠そうとする。そして、さらに矛盾点が見付かるとまたパッチを当てる。このようなことを繰り返せば、常に観測事実を説明することはできるが、理論自体は膨大で複雑で、例外ばかりのものになってしまう。理論を立てた本人は満足かもしれないが、複雑な理論は扱いにくい上、新しい事実が見付かる度にパッチを当てなければならない理論は、現実問題として使い道がない。観測事実を説明し得る様々な理論の中から我々が選択すべきなのは、その中で最も単純な理論なのだ。単純な理論は理解しやすく、応用も簡単だ。そして、万が一その理論が間違っていたとわかった時は思いきって捨て去ればいい。主戦派が唱える様々な理論は確かに世界各地で起きている異常な現象を説明することができるかもしれない。しかし、その理論には夥《おびただ》しい仮定や厳密でない論理が含まれている。懐疑派は原点に立ち戻って考察しようと主張する。これらの異常現象を統一的に説明できる、もっと簡単な理論はないだろうか、と。

世界各地で奇妙な教義を持つ新興宗教が同時発生した。通常では考えられない自然現象――風速百メートルを超える突風、数キロの内陸部まで押し寄せる津波、そして街一つを焼き尽くした落雷等――が短期間に集中して起きた。ある港街の住民の肉体に奇怪な変形が生じ、その直後、米軍がその街の近海に核攻撃を行った――その経緯は極秘扱いで、いまだＣＡＴにすら報告されていない。最初、人々はこれらのできごとを関連付けて考えたりはしていなかった。しかし、異常事態が何カ月も、何年も続くと、人々は不安や恐怖に苛《さいな》まれるようになった。そして、現状を説明できる理屈とそれを解決する手法を求め始めた。その中で、科学者たちは恐慌に囚われるのが一番遅かった。彼らは怪奇現象になんとか合理的な説明をしようとしていた。しかし、毎日報告されるあまりにも常軌を逸《いっ》した事件と、大衆からの強硬な圧力に、彼らの考えも徐々に変節していった。そして、ついに三年前、国連主導で、世界中の様々な分野の科学者を動員するＣＡＴ計画が始動した。千人を超える科学者が日本の海岸に建設された研究所に集められ、湯水のように資金を使い、Ｃについての対策を検討する。科学者の選び方は各国様々だった。完全に志願制をとった国もあったし、強制的に政府が選出した国――選ばれた側はこの制度を「徴兵」と呼んだ――もあったし、選挙をした国も、籤《くじ》引きで決めた国もあった。そして、幸運なことにそれらの科学者の中には少数ではあったが、我々のような良識派もいたのだ。

単純な理論構築のため、我々はまず収集した情報を再分析した。そして、予想通り、それらのCに関する情報の殆どは一次情報ではなく、伝聞情報が多かった。人は自ら体験したことでさえ、正しく記憶することはできない。ましてや、他人の体験なら当然間違った情報が含まれていると考えるべきだ。つまり、それらの情報は理論構築に寄与させるべきではないということになる。我々は忍耐強く一次情報を収集し、一つの結論に達した。Cはいない。すべては集団ヒステリーのなせるわざだと。

では、世界中で起きた異常現象をどう説明するというのか？　ビンツーは激しく詰め寄った。

説明などする必要はない。それらは起こるべくして起こったのだ。宝くじに当たることは非常に稀《まれ》なことのように思われているが、毎年ある決められた数の当選者が生まれている。珍しいことが起きたからといって、それを特別視する必要はない。

怪現象がただ一度だけ起きたのだとしたら、その説明にも納得するだろう。しかし、これだけのことが続けざまに起こったのだ。偶然ではすまされないはずだ。

確かに、偶然ではすまされない。それには理由があるのだ。おそらく初期のいくつかの事件は実際に連続して起きたのだろう。異常気象や怪事件が連続することは極めて珍しいが、奇跡という程のことはない。何世紀かに一度、その程度のことなら、起こってもおかしくはない。問題はその後だ。多くの人々はそれらの怪現象が偶然に連続して起きることなどありえないと直感したのだ。それはあくまで直感であり、根拠があったわけではなかった。だが、その直感は不安となり、人々の心に根を下ろした。そして、人々は自らの心を外部に投影し、そこに新たな怪現象を見ることになった。あるいは、人為的に怪現象を起こしてしまったこともあるだろう。それも意図的にではなく、無自覚的に。

世界各地で独立に発生した新興宗教が、ほぼ同一の教義を唱えているのはどう説明するのか？　そして、無数の人々が同時に細部まで全く同じ内容の悪夢を見たことはどう説明するのか？　それらの宗教が独立に発生したと、どうして言えるのか？

現在のようにネットワークが進歩した社会において、純粋に孤立した組織が形成されるとは考えにくい。二つの組織が同じ思想を持っていたとしたら、その思想自体が非常に一般的なものか、一方の組織からもう一方へと情報が伝わったか、同一の情報源を持っていると考えるのが自然だ。もちろん、彼らは本当のことを言いはしないだろう。宗教団体としては至極当然の行動だ。悪夢に関しても基本的には同じだ。今やマスコミのおかげで多くの人々は日々、同一の情報に曝《さら》されている。夢が昼間に取得した情報によって形成されるなら、同じ夢を見たとしてもおかしくはない。もちろん、それだけの理由で細部まで一致することはないだろうが、本当に細部まで一致していると考える理由はない。そもそも夢の記憶は極めて曖昧なため、細部の確認は不可能なのだ。他人の夢の話を聞くうち、知らず知らずのうちに自分の夢の内容が引き摺《ず》られてしまったというのが真相だろう。

我々には確かな物証がいくつもある。例えばCの神像だ。二億四千万年前に制作されたものだ。

それが二億四千万年前のものだというのは、それが埋まっていた地層の年代のみを根拠としている。なぜなら、石自体が形成された時期を調べても意味がない――そこらに落ちている石の中にも数億年前に出来たものはごろごろしている――からだ。しかも、神像が確かにその地層に埋まっていたという証拠はない。また、埋まっていたとしても、誰かが後の時代にその場所に埋めた可能性もある。

派閥間の論争は果てしなく続いた。懐疑派の意見は常に妥当なものではあったが、少数派であるため、説得は遅々《ちち》として進まなかった。

Ｃ市で働く職員たちの大部分はこの土地の者だった。漁港が消滅してしまったため、救済措置《そち》としてここで働いて貰っていたのだ。住居はＣ市の一角にある宿舎だ。一見マンション風ではあるが、それぞれの部屋はさほど広いものではなかった。しかも、例の褶曲が最も激しい場所に立っているため、外壁までひび割れ、見掛けは倒壊寸前のビルのように見えた。実は充分な補償金を受けとって、この土地から出て行く選択肢もあったのだが、なぜか殆どの住民は研究所の職員として働く道を選んだという。おそらく長年周囲の土地の住民たちから差別的な扱いを受けていたため、他の土地に出ていくことに過剰な警戒心を抱いているのだろう。骨折博士の言った通り、ここの住民たちは、この国の人々とは明らかに違う風貌をしていた。単に日本人に変異が起こったというレベルではない。明らかに別人種であるかのような印象を受けた。わたしは決して人種差別主義者ではないが、彼らが近づいてくるだけで、何かしら不安な気持ちになった。嫌悪感ではない。彼らの持つ異質性がわたしに強い印象を与えるのだ。Ｃ市には様々な国から様々な人種・民族が集まってきている。だが、ここの職員はそのどれにも似ていなかった。レオルノ博士は近親結婚の繰り返しによる突然変異形質の固定化のせいだと考えていたようだったが、わたしはむしろ、海流に乗って流れ着いた人々ではないかと思っていた。それもここ何十年とか、何世紀とかいう話ではない。たぶん、何千年、何万年前に日本に流れ着いた人々の末裔《まつえい》なのだろう。そして、おそらくはその母体であった人種はすでに滅亡してしまったのに違いない。なぜなら、ここの住民に相当する人種を知っている者は、ここの科学者の中にすら、一人もいないのだから。

いや。厳密に言うと、一人だけ心当たりがありそうな人物がいた。米国人の科学者で軍関係の仕事をしていたと噂のあるスミス教授だ。彼はここに来て、職員たちの顔を見た時、咄嗟《とっさ》に呟《つぶや》いた。

なんて、ことだ。……マス顔じゃないか。

わたしはよく聞き取ることができなかったので、なんと言ったのかと、教授に尋ねてみた。しかし、教授は口を噤《つぐ》んで、それっきり何も答えてくれなかった。

職員たちは一様に覇気がなかったが、言われたことは忠実に実行した。単純なものから複雑なものまで、あらゆる種類の職務を黙々と遂行し続けた。給料は一般の公務員と較べても決して高くはなかったが、彼らが不満を言ったのを聞いたことはなかった。

ある時、わたしは彼らの一人に尋ねたことがある。どうして、これほどまでに安い収入でがまんしているのか。もしかしたら、世の中の人々がどれだけ稼いでいるかを知らないのか、と。

もちろん、世間の相場は知っている。その職員はのろのろと面倒そうに答えた。でも、あの腐った海で死にかけた魚をとって生き延びるのに較べれば、ここの暮らしはまるで天国のようだ。

でも、都会に出ていけば、ここよりましな働き口はいくつもあるでしょう。たとえ、すぐに見付からなくったって、補償金でしばらくは暮らせるはずだわ。

確かにそうだろう。でも、自分たちはこの土地を離れるつもりはない。あんたたちがＣ市を建設することだって、自分たちがここに残れるという条件があったから、承知したのだ。

なぜ、そんなにこの土地に執着するの？

くらら様との盟約を守るために。

盟約って？　くららって誰？　いつ結んだの？

その職員は何も答えずに、薄ら笑いを浮かべたまま、去っていった。

わたしは昼食時に骨折博士にその職員の話をしてみた。日本人である彼なら、何か役に立つ情報を知っているかと思ったのだ。しかし、博士は何か考え事をしているようで、わたしの話など上の空だった。

何を考えているの？

えっ？　ああ、すまない。ちょっと心配事があってね。

心配事？

ビンツー教授たちの事だ。

わたしは溜《た》め息をついた。鷹《たか》派がまた何か企んでいるの？

ＨＣＡＣＳだ。

何の略？

学習型Ｃ自動追撃システム。

Cthulhuを自動追撃するの?

周囲で食事をしていた人々が一斉にわたしたちの方を見た。

君、そのままはまずい。頭文字を使うんだ。

あなたもCthulhuの名前を唱えると、災いが起こると信じているの?

周囲がざわついた。

頼むから、二度とその名を口走らないでくれたまえ。さもなければ、話はこれでお終《しま》いだ。骨折は蒼《あお》くなって言った。

わかったわ。もう、Cth……――Cの本当の名前は言わないわ。……今日のところはね。それで、名前を言うだけで災いが起こると、本当に信じているの?

もちろん、確証があるわけじゃない。骨折は口籠《ごも》りながら言った。だが、そういう報告がある限り、唱えないでおくに越したことはない。

では、訊くけど、どういうメカニズムで災いが起こると考えているの?

いくつか、説はある。一つはその音の並びが聞く者の精神に影響を与えるというものだ。特定の音が脳に特定の刺激を与えることは知られている。これらの音をこの順番に聞いた時、脳が特殊な状態になるというんだ。別の説では、これは、我々のすぐ側にいるが、我々には知覚できない存在への命令の言葉だという。もう一つ、面白い説もある。音とはつまり、空気中を伝わる疎密波なのだ。だから、一つの音に対し、一つの波形パターンが対応する。この発音をした時、空気中にある特定の疎密波のパターンが現れる。

そのパターン自体が物理的な現象を引き起こすと言うのだ。

噴飯ものね。仮説なぞ、いくらでも立てられるわ。

例えばこんな実例がある。君は玩具修理者のことを知っているだろうか？

ええ。日本の特定の地域の子供たちの間に広がった都市伝説の登場人物ね。確か駆け出しの作家がその話をノンフィクションに纏《まと》め上げたはずだわ。

そのノンフィクションは小説形式だったので、ほぼそのまま映画化されたことは知ってるかい？　ベテランプロデューサーが気鋭の監督と有名俳優を使って制作したんだ。

それが何か？

映画の登場人物がYとCの名前を唱えたんだ。映画館の中に何かが現れたのを見た観客がいる。

犠牲者が出たの？

いいや。特に実害はなかったらしい。大部分の観客はそれを映画会社が仕組んだ演出だと思ったそうだ。

たぶん、その観客たちの考えが正解よ。

映画会社側は何もしていないと……。

そんなことは信じられないわ。話題作りのために制作者側が何か仕掛けたと考えるのが自然よ。……ええと、話を元に戻しましょう。学習型C自動追撃システムというのはどんなもの？

名前の通りだ。自ら学習しながら、自動的にCを攻撃するシステムだよ。

答えになってないわ。ビンツー教授たちはなぜ自分たち自身で攻撃しないの？

彼らの言い分によると、そもそも人間の力でCに対抗することは不可能らしい。

だったら、なぜ攻撃計画を立てているの?

HCACSは人間を超える存在だからCと戦えるというんだ。

人間が造ったものなのに?

被創造物が創造者より劣っているという考えには根拠がないそうだ。現に、太古の地球における化学反応の偶然の産物である生物が進化の果てに人類となり、知性を獲得している。

ビンツー教授は無神論者なのね。少し共感が湧いてきたわ。

彼は自然界の生物進化の原理とコンピュータシミュレーションを使った最適化手法を組み合わせたんだ。

遺伝的アルゴリズムのこと?

遺伝的アルゴリズムを包括したさらに実用性の高い手法だ。ビンツー教授の計算では起動後、約半年で現在人類が保有しているあらゆる兵器を無効化できるほどのレベルに達するということだ。

意味がわからないわ。ビンツー教授は核兵器を造ろうとしているの?

攻撃手段じゃなくて、戦略の話なんだ。

よくわからないわ?

兵器とはつまり道具なんだ。

人を殺すためのものね。

Cを殺すためにも使える道具だ。道具はうまく使えばその価値を何百倍にもできるし、下手に使えば全く無意味な存在になる。どんなに素晴らしい大工道具があったとしても、使い方がわからなければ、犬小屋一つ作ることはできない。しかし、道具を充分に使いこなす力のある人物なら、鋸《のこぎり》一本と金槌《かなづち》と釘だけで犬小屋どころか、人間が住める家を造ることもできるかもしれない。同じように核兵器を持っていたとしても、闇雲《やみくも》に撃ち込むだけでは必ず勝てるとは限らないだろうし、ナイフ一本でもうまく使えば大戦争を終結することもできる。

ビンツー教授は戦略シミュレータのようなものを作ったのね。

厳密に言うと、そうじゃない。それは実際に判断し、行動する。

人工生命？

そう。だが、君が思っているようなコンピュータのメモリ上だけに存在するものじゃない。それはこの現実世界にも居場所があるんだ。

まさか、本物の生命を創り出したとでも？

本物ではない。しかし、限りなく生命に近い代物だ。ビンツー教授によると、メカトロニクスと非DNA遺伝子工学の最高芸術だそうだ。

メカトロニクスはわかるけど、非DNA遺伝子工学ってRNAを使うってこと？

いや。遺伝子と言っても、それは核酸ですらない。ビンツー教授一派のある科学者が隕石《いんせき》の中に、非常に遺伝子に似通った振る舞いをする物質を発見したんだ。驚いたことにイリジウムが主元素らしい。振る舞いそのものは遺伝子にそっくりだが、その反応速度は数万倍に達するらしい。

急速に成長するのね。

彼らに言わせると、進化の速度も速いらしい。

それはどうかしら。まず進化のためには淘汰圧《とうた》が……。

淘汰圧は必要ない。なぜなら、HCACSはそれ自身が自らの遺伝子を最適設計して組みかえるからだ。

つまり、こうしている間にも、刻々と進化を続けている。

ちょっと待って。それって、人間に頼らず、HCACSが勝手に自分を改造しているってこと?

その通りだ。ビンツー教授によると、HCACSは人間が思いもつかなかったような革新的な設計手法を次々と開発していったそうだ。そして、その中の殆どは兵器以外の機器にも応用できる。我々は究極の発明製造機を手に入れたことになる。

なんだか、いいことずくめのような気がするけど、HCACSは結局のところ、兵器なんでしょ。

ああ。自動車一台分の燃料で核兵器並の破壊力を実現する攻撃方法をいくつも開発したそうだ。

危険ね。

とても危険だ。

主戦派の科学者たちはHCACSが開発する武器によって、世界最大の軍事力を保有することになったってわけね。

グループのメンバーの何人かは嬉々《きき》として、HCACSが開発した発明品の特許を申請したり、各国の軍事担当省庁に売り込みにいったりしていた。

そんなことして法に触れないの？

法律はこんな事態を想定していなかった。それに、そんな騒ぎはもう、何週間も前に終わってしまった。

ＨＣＡＣＳが機能しなくなったの？

いいや。ＨＣＡＣＳは相変わらず、夥しい改良を加えながら、成長——進化を続けている。

だったら、なぜ？

彼らにＨＣＡＣＳが理解できなくなったんだ。

どういうこと？

人間が新しいアイデアを理解するまでには、一定の時間が必要だ。しかし、ＨＣＡＣＳの機能は加速し続け、ついには人間が理解する速度を超えて新しい機能を次々と開発し始めたんだ。科学者たちはＨＣＡＣＳが要求するままに莫大な材料や装置を提供する。すると、数時間後には山のような構造体が完成し、ＨＣＡＣＳは自分自身にそれらを接続する。それがどんな機能を持っているのか、どういう用途のものか、誰にも理解できないんだ。

そんな馬鹿な。ここには世界でも指折りの科学者が集結しているのよ。ひょっとしたら、それは意味のあるものじゃなくて、ただのガラクタかもしれないわ。たぶんビンツー教授のはったりじゃないかしら。

残念ながら、はったりなんかじゃないようだ。科学者による解析も徐々に進んでいる。ＨＣＡＣＳが自らを拡張する速度より遙かにゆっくりだけれどもね。そして、解析結果を見る限り、すべての改造にはちゃんと意味があるんだ。

今言ったことが全部本当だとしたら、我々は人類が理解できない兵器を抱え込んでいることになるわ。

そうなる。我々反戦派はこのような事態を恐れていたんだ。やがて、ＨＣＡＣＳを狙って各国が動き出すだろう。いや。もう手遅れかもしれない。

誰もそんな事態になってるなんて教えてくれなかったわ。

誰かに訊いてみたかい？　ああ。すまない。冗談だ。ここの連中は進んで他のグループに情報を漏らしたりはしない。そして、君たち懐疑派グループは少数である上、メンバー同士の結びつきも弱い。それが最新情報を手にいれられない理由だろう。

ＨＣＡＣＳを見ることはできるかしら？

もちろんだ。

ＨＣＡＣＳは想像以上に巨大だった。地下実験場をすべて占領し、それでも足りない部分は倉庫を改良して間に合わせていた。全体の印象は金属と半導体とセラミックと有機材料と血と肉による無秩序で野放図なオブジェといったところか。複雑に絡み合ったワイヤーで相互に接続された剥《む》き出しの回路基板が可動機械の骨組みに組み込まれ、その周囲に筋肉や血管や脳等の生物の組織が纏わり付き、時々思い出したように脈動している。組織の中には砲身やミサイルやアンテナや各種センサや牙や鉤爪《かぎづめ》のようなものが、あちらこちらに見え隠れしていた。もちろん、それらが見かけ通りのものである保証は全くなかった。それらの造形物はただそう見えているだけなのかもしれない。ＨＣＡＣＳは常に耐え難い悪臭を放っていた。床の上の粘度の高い液体はＨＣＡＣＳ自体が分泌したものか、なんらかの環境維持のために人為的に撒《ま》かれているのかはわからなかったが、それからも別の種類の濃厚な臭気《しゅうき》を発していた。

これに高度な攻撃能力が備わっているとは考えにくいわ。だって、内臓剥き出しじゃあ、いかにも弱そうだもの。

わたしは内臓に触れてみた。ぶよぶよしていて触る度に黄色い汁を噴き出した。

表面の臓器は殆どが拡張用の機能しかなく、多少傷付けてもさほどダメージはないそうだ。それに今君は単に触っただけで、攻撃行動をとったわけじゃない。

もしわたしが攻撃的な素振りを見せるとどうなるの?

いくつかのセンサがわたしを狙い、そしてサーチライトがわたしを照らした。

何? どういうこと?

君の言葉に反応したんだ。敵と判断したわけじゃあない。ただ、敵となる可能性ありと判断して注目しているだけだ。もし君が実際に敵対行動をとったなら、よくても君の両手は切断されてしまう。悪ければ即死だ。

まさか。

信じなくてもいい。ただ、少なくとも僕の目の前では敵対行動をとらないでくれ。夢見が悪いだろうから。

わたしはしばらく考えてから、HCACSを攻撃するという試みを断念することにした。

HCACSはいくつかの大型トラック並の大きさの台車の上に分散して載せられていた。各部分は夥しい数のケーブルと血管で結びつきあっている。そして、驚いたことに台車の底には無限軌道が取り付けられていた。つまり、ＨＣＡＣＳは自力走行できるのだ。それだけではない。発表されているビンツー教授による基本設計書の記述を信ずる限り、ＨＣＡＣＳは陸・海・空・衛星軌道上での戦闘を想定されていた。そして、状況に応じて、変形・分離・融合《ゆうごう》する。まさに究極の万能兵器だ。

わたしは身震いした。もし本当にCthulhuが存在していなかったとしたら、人類は幻の恐怖を取り払うために、現実の恐怖を作り上げてしまったことになる。あるいは、ビンツー教授の本当の狙いはそれではなかったのか？　今彼は世界の帝王に最も近い場所にいる。

わたしは自分が持つ知識を総動員して、ＨＣＡＣＳの構造を読み解《と》こうとした。これだけの規模のシステムが自立して活動するためには、どこかに中央集中制御部が存在するはずだ。ちょうど人間における脳のような。しかし、そのような部分は見付からなかった。ＨＣＡＣＳを構成するすべての部分は、それぞれがユニークであり、特定の部分だけ区別することはできなかった。あるいは、攻撃されることを予想しての偽装かもしれない。

わたしはＨＣＡＣＳのあまりの異様さに圧倒され、数日間は食事も喉《のど》を通らなかった。そして、夜毎《よごと》悪夢を見るようになった。それは半ば魚になった人間たちがのろのろと徘徊している深海の都だったり、砂漠の地下に潜む奇怪な蜥蜴《とかげ》人間たちの都市国家だったりした。もちろん、ここに来てから聞かされ続けたCthulhuの世迷言《よまいごと》がＨＣＡＣＳを目の当たりにしたショックで、夢に反映されただけだろう。

しかし、困ったことに悪夢は睡眠中だけではなく、覚醒《かくせい》中にも現れるようになった。自分の仕事場に奇怪な半透明の異形生物が漂っていたり、寝室の床に置かれていた奇妙な結晶体を覗《のぞ》き込むと、そこに異世界の光景が広がっていたりという有り様だった（結晶体はいつの間にか消え失せてしまった。結晶体そのものが幻覚だった可能性もある）。

そして、そのような奇妙な体験をしているのは自分だけではないらしかった。以前からそのような傾向はあったのだが、HCACSが本格的に稼動を始めてから頻度も規模も増してきているという。ある者はいよいよCの復活が間近に迫った証拠だと言い、別の者はここにHCACSがあるために、Cの攻撃の的になってしまったのだと言った。ただ、ビンツー教授は皆の騒ぎをただ冷笑していただけだったという。

彼の主張によると、Cの復活が近付こうが、Cに攻撃の的にされようが、いっこうに案ずる必要はないということだった。なぜなら、すでにHCACSは稼動を始めており、その影響下にあるC市は世界で最も安全な場所だからだ。たとえ、今ここに突然Cが現れたとしても、HCACSは確実にC市を防衛し、Cを殲滅《せんめつ》してくれるだろう。もちろん、それがどんな方法かはわからない。そもそも、我々に想像できるような戦略はCには通用しない。我々はただHCACSを信頼し、それに全てを委《ゆだ》ねていればいいのだ。HCACSこそが、我々に絶対の安心と安寧《あんねい》を与えてくれる存在なのだ。

わたしを含め多くの懐疑派メンバーはビンツー教授の言葉を信じなかった。そして、それは反戦派のメンバーも同じだった。ただ、違っていたのは、我々がHCACS自体を脅威《きょうい》だと感じていたのに対し、反戦派はHCACSがCの機嫌を損ねることを恐れ慄《おのの》いていたのだ。

ある日、C市全域に爆発音が鳴り響いた。大方の科学者たちはその意味を察していた。職員たちは知ってか知らでか、落ち着き払っている。外に出て見ると、ＨＣＡＣＳが格納されている歪んだビルから墨のような煙が立ち上っていた。ついに誰かが破壊工作を実行してしまったのだ。ただちにＣ市全体に警戒警報が発令された。

わたしが爆発現場に到着した時には、もう何重もの人垣が出来ていた。ビルは全体的に激しく傾《かたむ》いており、その一階部分に大きな穴が開いていた。そこから濁《にご》った粘液《ねんえき》が溢《あふ》れ出し、大地を汚していた。絶叫が響き渡った。声の方を見ると、ビンツー教授が呆然と立ち尽くしていた。

そして、頭を両手で押さえ、なぜだ、なぜだ、防衛機構はなぜ働かなかったのだと、喚《わめ》き続けていた。科学者たちの何人かはそんなビンツー教授の様子を冷ややかに眺めていたが、同じようにおろおろと取り乱す者たちもいた。そんな中、穴の粘液の中から人影が現れた。それは反戦派の有力者の一人、レオルノ博士だった。おのれ、レオルノ、貴様がやったのか、とビンツー教授が詰め寄る。しかし、レオルノ博士の目は虚《うつ》ろで何かをずっと呟き続けている。

ビンツー教授はレオルノ博士の粘液に塗《まみ》れた白衣の胸倉をぐっと掴《つか》んだ後、はっとして手を離した。興奮したために見落としていた異常に気が付いたのだ。レオルノ博士の下半身はずたずたに引き裂かれていた。内臓も骨格も全てが露出しており、到底こんな状態では立っていることはおろか、生きていることすらが信じられなかった。レオルノ博上が呟く度に口中から大量の粘液が流れ出し、内臓を伝ってぬらぬらと地面に流れ出した。なるほど、そういうことだったのかと、ビンツー教授は手を打った。レオルノ博士はすでに死者だった。だからさらに死ぬことはなかった。

見事な推理だ、ビンツー教授。人垣の中から、反戦派のリーダーであるラレソ博士が現れた。レオルノ博士は一命《いちめい》を賭《と》してHCACSの破壊を試みたのだ。
塩《えん》の秘術を使ったのはおまえか？　ビンツー教授はラレソ博士を睨《にら》み付けた。
その通りだ。
では、自分の理想の為に仲間を殺したことを認めるんだな。
わたしはレオルノ博士を殺してなどいない。彼は自ら命を絶ったのだ。今朝方わたしが彼の部屋を訪れた時、すでにことされていた。そして、手には一通の遺書が握られていたのだ。わたしの体を使って塩の秘術を実行し、ビンツー教授の野望を挫《くじ》いてくれ、という内容だった。
わたしにそれを信じろと？
ラレソ博士は首を横に振った。信じてくれとは言わない。だが、これは紛《まぎ》れもない真実だ。
ふん。これで勝ったなどと思うなよ。ビンツー教授は目を閉じると、奇妙な形に手を組み、呪文を唱え始めた。
おうぐとふろうど　えいあいふ
ぎーぶる――いーいーふ
ようぐそうとほうとふ
んげいふんぐ　えいあいゆ
　　ずふろう

呪文開始と同時にレオルノ博士の動きはぴたりと止まった。そして、Yog-Sothoth の名を呼ばわると同時にその体は崩壊を始めた。頭頂から足の裏まで、体を縦に裂く亀裂《きれつ》が何本も走ったかと思うと、そこから体内の組織が体外に全て流れ出す。半ば溶けた内臓や眼球が濁った血液と共に足下に広がり、巨大な水溜まりを形成する。残ったレオルノ博士の体は中空の袋となり、その場にくしゃくしゃと崩れ落ちた。ビンツー教授は目を開くと、ラレソ博士を睨んだ。

今更、レオルノ博士を滅ぼしたとて、どうなるものでもあるまい。ラレソ博士は静かに言った。

いいや。おまえは大きな間違いを犯している。レオルノ博士が命を賭けて破壊したのは、ＨＣＡＣＳの中枢《ちゅうすう》部ではなかったのだ。

いい加減なことを！　わたしたちはあなたが書いた設計書で確認したんだ。レオルノ博士は確実に急所を突いたはずだ。

おまえたちの計画は成功していただろう。三日前ならな。だが、三日前に中央制御部の移転は終了していた。

嘘だ！　なぜ、あなたにそんなことをする必要があったというのだ⁉

ビンツー教授は首を振った。もちろんわたしにはそんなことをする理由はなかった。しかし、ＨＣＡＣＳにはその理由があった。だから自発的に中枢を移動させたのだ。

運のいいやつだ。

運？　違うね。ＨＣＡＣＳはすべてを予測していたのだ。

馬鹿な。ただの機械にそんな予測ができるものか！

ＨＣＡＣＳはもはやただの機械ではない。人知を超越した絶対破壊者なのだ。ＨＣＡＣＳが攻撃者を物理的手段で撃退する防衛機構は、わたしやおまえにも理解できる性質のものだった。だからこそ、おまえたちはそれを無効にする方法を考え出すことができた。塩の秘術とは考えたものだ！　しかし、ＨＣＡＣＳはすでに、さらに高次の防衛機構を構築していたのだ。死者が攻撃してくることを予測して、予め中枢の場所を移動させていた。

我々が塩の秘術を使って攻撃することを予測する手段はなかったはずだ。あなたは説明できるのか？

もちろん、できはしない。なぜならわたしもおまえと同じ限られた寿命と知性しか持たない存在に過ぎないのだから。人間がＨＣＡＣＳを理解しようとするのは全く無駄なことなんだ。わたしは嬉しいよ。ＨＣＡＣＳはすでに人間を超えようとしている。この分なら、きっとＣにも勝てることだろう。ビンツー教授はラレソ博士に背を向けた。すまんが無駄話はここまでにさせてもらうよ。これから大急ぎでＨＣＡＣＳの修理をしなくてはならないんだ。もちろん、種さえ起動させれば、あっという間に自力で修復してしまうけどね。

我々は何度でも破壊するよ。ラレソ博士はビンツー教授の背中に声をかけた。何度でもだ。

これが最後さ。ビンツー教授は呟いた。低次の防衛機構ですら進化する。同じ手には二度とかからない。

その日のうちにＨＣＡＣＳの修復は終わった。いや。最初から壊れてなどいなかったのかもしれない。ビルの地下と一階に溜まっていた粘液がまるで培養《ばいよう》液となったかのように、ＨＣＡＣＳは建物の下部に根を張り巡らし、さらに巨大になっていた。建物のそこここの亀裂から触手やマニピュレータが突き出て、黙々ともはや人間には理解できない作業をこなしていた。

ビンツー教授はＨＣＡＣＳに大掛かりな改修を施した。ＨＣＡＣＳを構成する各部分に個別に自己組織アルゴリズムを組み込んだのだ。これによって、ＨＣＡＣＳの全体と部分の差はなくなった。各部分が独立に進化を始め、互いを侵略《しんりゃく》することによって、成長する。どの部分を破壊してもシステム全体が死ぬ危険はなくなった。生き残った部分は学習し、そして再びすべてを覆《おお》い尽くす。ビンツー教授によると、ＨＣＡＣＳに手を入れるのはこれが最後になるという。これ以降の段階は完全に人間の理解を超えてしまうからだ。

その言葉通り、ＨＣＡＣＳの活動は全く予測がつかなくなった。最初の建物を侵略し尽くすと、下水道やその他の地下配管、あるいは地中を直接貫いて、他の建物の内部にも侵入を始めた。元々崩壊の兆しがあった建物は急激に傾き始めたが、すぐにＨＣＡＣＳの根が喰い込むので、ばらばらになりながらもなんとか崩落《ほうらく》を免《まぬが》れていた。

ラレソ博士の部下たちは何度もＨＣＡＣＳを破壊しようとしたが、すべてが無駄に終わった。塩の秘術は完全に無効化されてしまった。ＨＣＡＣＳに近付くだけで肉体が崩壊してしまうのだ。ある科学者の報告によると、人間の可聴域《かちょういき》外の周波数で例の呪文が流れていたというが、どうだろうか？　実際にはＨＣＡＣＳの周囲に存在する何らかの場が影響しているのだろう。反戦派は塩の秘術を使うことを諦めた。代わりに攻撃力をアップした兵器で直接破壊を試み始めた。だが、結果はいつも同じだった。バズーカ砲で劣化ウラン弾を打ち込もうとした女性は、地中から突き出した無数のパイプ状の突起物で下半身が粉砕されてなくなるまで陵辱《りょうじょく》された。旅客機を乗っ取って突入したメンバーもいたが、建物に接する直前、旅客機は強烈な電磁場に補捉され、そのまま蒸発してしまった。

ＨＣＡＣＳはＣ市の建物を次々と侵略し、拡大していった。ＨＣＡＣＳの方から人間を攻撃することはなかったが、ＨＣＡＣＳの組織に囲まれて生活することに耐えられなくなった科学者たちは、次第にＣ市の外部へと居《きょ》を移していた。ただ、この土地の住民である職員たちは、自宅や職場でどれほどＨＣＡＣＳが繁茂《はんも》しても全く意に介さない様子で、ＨＣＡＣＳに紛れて生活を続けていた。やがて、科学者たちは、一人また一人とＣ市を後にし始めた。ただ、ＨＣＡＣＳを開発した主戦派の中でも特に急進派であるビンツーを中心とする者たちと、最後まで事態を冷静に観察しようとする我々懐疑派だけは、Ｃ市にほど近い場所でＨＣＡＣＳの観察を続けていた。

元々異形を誇っていたＣ市の外見はさらに物凄《ものすご》いものになっていた。さまざまな形の崩壊し掛かったビル群を巨大な粘膜が覆っている。粘膜からは金属製の機械や大小の触手が伸びており、それぞれが勝手気ままに動き回っていた。職員たちはどうなったかわからない。ＨＣＡＣＳに取り込まれて構成物になってしまったのか、それともＨＣＡＣＳの組織の中で今でも普段通りの生活を続けているのか。いずれにしても一人もＣ市から脱出しなかったのは確かだ。

そして、我々はついにそれを見た。すでにＣ市と一体化していたＨＣＡＣＳに巨大な翼が発生したのだ。その胴体は龍へと変化し、頭部は頭足類のそれへと変貌《へんぼう》していた。ビンツー教授はその姿を見て高笑いを始めた。なるほど。こういうことだったのか。Cと戦って勝つためには、自らをもCと同じものにしなくてはならなかったのだ。あれはまだこの世に現れていないCの完璧なコピーになりつつある。

それまでC市の科学者たちを放任していた各国の政府機関も、さすがにHCACSの変わり果てた姿を見て不安になったのか、活動を始めた。CATの科学者たちは一人ずつ査問《さもん》会に掛けられた。当然わたしも召喚《しょうかん》された。

HCACSは現在あなたがたの制御下にあるのか？

いいえ。

では、CATの科学者のいずれかのグループの制御下にあるのか？

いいえ。

では、誰か一人の科学者の制御下にあるのか？

いいえ。

HCACSは危険か？

不明です。

HCACSは人間を殺したのか？

ええ。ただし、HCACSを破壊しようとした場合に限ります。

HCACSは人類への脅威《きょうい》に成り得るか？

不明です。

ＨＣＡＣＳにはＣを殲滅するだけの力はあるか？

不明です。Ｃを知らないので攻撃能力を比較しようがないのです。

ＨＣＡＣＳを破壊するべきだと思うか？

ええ。

わたしの意見が採用された訳でもないだろうが、各国はＨＣＡＣＳへの攻撃を始めた。統一された指揮系統の下での作戦なのか、それとも各国がばらばらに攻撃を始めたのかはさだかではないが、Ｃ市の周囲はまさしく戦争状態になった。日本政府は各国に対して何度も非難声明を出したが、誰も聞く耳など持ってはいなかった。米国は最初まだ兵器としてのＨＣＡＣＳに未練があったらしく、特殊部隊を送り込んで鎮圧《ちんあつ》しようとした。何を鎮圧しようとしたのかはわからない。ただ、誰一人帰還しなかったことだけは確かだ。次には戦車部隊が投入された。日本国内の米軍基地から一般道路を通ってきた最新鋭の戦車軍団は一瞬のうちに触手に貫かれ爆発を起こした。その後、地上からＨＣＡＣＳに近付こうとするものはなくなった。沖に浮かぶ空母から発進する爆撃機によって、毎日のように空爆が行われた。だが、爆弾はすべてＨＣＡＣＳに吸収され、何の反応もなかった。そして、ついに燃料気化爆弾までが投入された。だが、炎がめらめらとＨＣＡＣＳの背中を舐《な》めただけの結果に終わった。残された方法はもちろん一つしかなかった。その日、全部隊はＣ市の近隣から撤退した。Ｃ市に残されている住民たちを気遣う声もあったが、すべて黙殺された。この国で三つ目になる茸雲《きのこぐも》が立ち上った。雲が晴れた後、ＨＣＡＣＳは姿を消し、巨大な原形質の湖が出来ていた。その表面は強い燐光《りんこう》を放っていた。世界の人々はその光景を拍手で迎えた。

だが、それもつかの間、輝く原形質は自己組織化を始めた。世界各国は慌てて、核兵器を追加手配したが、すでに手遅れだった。HCACSは復活した。今度は放射能を帯びている。新たに撃ち込まれた核兵器はすべてHCACSに飲み込まれた。そして、HCACSからの放射線はさらに強力になった。核燃料がHCACSの内部で臨界に達したのだ。HCACSは核エネルギーを利用し、さらに巨大になっていった。放射線シールドのない生きた原子炉――それが今のHCACSの姿だった。

同じ頃、もう一つのニュースが世界を駆け巡った。南太平洋に突如、島が現れたという。航空機や人工衛星からの観測によると、島には巨大な石造建築物群が確認されたらしい。奇妙なことに、幾何学を超越した特殊な角度を持ったその古代都市の姿は、HCACSと同化する前のC市の姿にそっくりだった。誰も何も言わなかったが、誰もがその街の名前を知っていた。人々はその街を単にRと読んだ。HCACSの監視のために一隻だけ残された駆逐艦の他、すべての艦隊はR周辺の海域に集結した。だが、いつまで待ってもRにCthulhuが現れる徴候はなかった。即刻上陸すべしという案も出たが、どこの国の軍隊が最初に上陸するかという結論が出ないまま何日も過ぎた。

そして、世界が緊張に耐えられなくなった頃、HCACSに変化が現れた。それは立ち上がり、海を目指して歩き出したのだ。日本は未曾有《みぞう》の大地震に見舞われた。その肢《あし》が海面に触れた瞬間に発生した津波で、待機していた駆逐艦は海の藻屑《もくず》と消えた。HCACSは海上をRへ向かって進み始めた。それまで、絶望の淵《ふち》に立たされていた各国首脳は諸手《もろて》を挙げて喜んだ。そもそもHCACSはCを倒すために造られたのだ。Rが浮上し、Cの復活が近付いた今、その本来の役目を果たすのは当然のことだ。そして、HC

ＡＣＳの攻撃力なら、Ｃにさえ勝てるかもしれない。

ビンツー教授はついにＨＣＡＣＳがＲに上陸するところを見ることはなかった。彼はその数日前に自宅の浴室で手首を切ったのだ。家族の証言によると、彼はＲの浮上とＨＣＡＣＳの移動を知った後、髪を掻《か》き毟《むし》り、絶叫した。そして、なんということを、わたしはなんということを、と繰り返し呟くと、剃刀を持って一人で浴室に向かったという。今、わたしの手元には一通の走り書きのメモがある。おそらくこれはビンツー教授の遺書ということになるのだろう。家族は警察にもそれを見せることはなかったが、真実を知りたいわたしの熱意に負けて、ついに手渡してくれたのだ。それを読み終えた今、わたしの手の震えは止まることがない。ああ。こんなもの読まなければよかったのに。テレビにはまさにＲに上陸しようとするＨＣＡＣＳの姿が映されていた。全世界の人々は歓声を上げているのだろう。だが、わたしの喉からは掠《かす》れた嗚咽《おえつ》が漏れるばかりだ。わたしの手から遺書が床に落ちた。それにはこんな言葉が書かれている。

馬鹿者どもめが！　まだわからんのか？　すべては逆だったのだ。我々はＣに対抗するために我々自身の意志でＨＣＡＣＳを造ったと思い込んでいただけなのだ。ＨＣＡＣＳこそがＣだったのだ。我々人類はCthulhu を復活させるための切っ掛けとして用意された、たったそれだけの役目しか持たない種族なのだ。

あとがき

「C市」は平成十四（二〇〇二）年刊行の朝松健氏編のアンソロジー『秘神界―現代編―』（創元推理文庫）向けに書き下ろし、その後平成十八（二〇〇六）年に短編集『脳髄工場』（角川ホラー文庫）に再収録している短編である。Cthulhu復活前後の人類と社会の変容をテーマとしたものだったが、短編に纏めるために苦労した記憶がある。

今回、創土社さんから長編の依頼があったとき、思い付いたことは「C市」の長編化ができないかということだった。「C市」は完結した短編であったが、長編であったならやりたかったことがいくつか残っていたのだ。ただ、「C市」は思い入れのある作品なので、それ自体に手を入れるのではなく、別個の作品として前日譚「C市に続く道」を描くことにした。こうすることにより、「C市」それ自体を一つの短編として楽しむことも、「C市に続く道」と続けて読むことで長編として鑑賞することも可能になると考えたのだ。

当初は「C市に続く道」単体での出版を考えていたが、創土社の担当編集者である増井暁子さんの熱意によって、「C市」の収録を実現することができた。

時系列順に「C市に続く道」→「C市」と読んで貰っても、執筆順に「C市」→「C市に続く道」と呼んで貰っても構わない。どちらの読み方でも「ああ。そういうことか」と気付いていただけるように工夫を施している。

最後になりましたが、長く掛かった原稿をじっと待っていただいた増井さん、そして「C市」の再録にご尽力いただいた各方面の皆様に感謝いたします。

二〇一八年十一月

小林泰三

『C市』初出……『秘神界――現代編――』(朝松健編・二〇〇二年・創元推理文庫)

超時間の闇

◆「大いなる種族」
◆「魔地読み」
◆「超時間の檻」（ゲームブック）

小林泰三
林 譲治
山本 弘

本体価格・一七〇〇円／四六版
カバーイラスト・小島 文美

《大いなる種族》 科学者松田竹男は「人間の脳に短時間で大量の情報を注入する」ための研究を行っていた。開発した装置の名は「対人間収量情報技術実験装置」。

《魔地読み》 県庁職員である私は、とある極秘任務のため隣県へ向かう列車に乗っていた。突然列車が止まった。市兵による巡検であった。

《超時間の檻》底知れぬ暗い空間を、私は落下していた。上も下もなく、前も後ろもない、無限の奥行きのある暗黒の空間。何かにぶつかって停止し、突如感覚の洪水が襲ってきた。山本弘22年ぶりのゲームブック！

《クトゥルー×メタＳＦの新ジャンル！》

クトゥルフ少女戦隊　第一部

山田正紀

本体価格・一三〇〇円／四六版

カバーイラスト・猫将軍

《作品紹介》

5 億 4000 万年前、突如として生物の「門」がすべて出そろうカンブリア爆発が起こった。このときに先行するおびただしい生物の可能性が、発現されることなく進化の途上から消えていった。これは実は超遺伝子「メタ・ゲノム」が遺伝子配列そのものに進化圧を加える壊滅的なメタ進化なのだった。いままたそのメタ進化が起ころうとしている。この怪物遺伝子をいかに抑制するか。そのミッションに招集された現行の生命体は三種、敵か味方か遺伝子改変されたゴキブリ群、進化の実験に使われた実験マウス（マウス・クリスト)、そして人間未満人間以上の四人のクトゥルフ少女たち。その名も、究極少女、限界少女、例外少女、そして実存少女……。

《クトゥルー×メタＳＦの新ジャンル！》

クトゥルフ少女戦隊　第二部

山田正紀

本体価格・一三〇〇円／四六版
カバーイラスト・猫将軍

《作品紹介》

地球上の生命の全てを絶滅に導くという「クトゥルフ爆発」。それを阻止するべく選ばられた４人の少女たち——実存少女サヤキ、限界少女ニラカ、例外少女ウユウ、究極少女マナミ。そして、絶対不在少年マカミをただひたすら愛する……まるで、そう定められているかのように。「クトゥルフ爆発」とは、「クトゥルフ」とは何なのか？　血反吐を吐きながら、少女たちはそう叫ぶ！　死の淵に墜ちたとき、少女たちはその正体に気づく。「進化」と「死」に立ち向かうとき、その先には何が待つのか……？

クトゥルフ×メタ SF、完結編

クトゥルー・ミュトス・ファイルズ
The Cthulhu Mythos Files

C市からの呼び声

2018年12月25日　第1刷

著　者
小林 泰三

発行人
酒井 武史

カバーイラストおよび本文中のイラスト　桜井 ココロ
帯デザイン　山田 剛毅

発行所　株式会社　創土社
〒165-0031 東京都中野区上鷺宮5-18-3
電話 03-3970-2669　FAX 03-3825-8714
http://www.soudosha.jp

印刷　株式会社シナノ
ISBN978-4-7988-3049-0　C0093
定価はカバーに印刷してあります。

命がけのショーをお楽しみあれ！

人外サーカス

小林泰三

発行：株式会社 KADOKAWA
四六判並製単行本

惨劇に隠れた
秘密を見抜けるか。
ショックと
サプライズに溢れた
サバイバル・ミステリの
幕が上がる！

経営不振のサーカス団を吸血鬼が襲う！
団員達は恐怖し混乱するも、
それぞれの特技で対抗し始める。
だが、マジシャンの蘭堂は
ある違和感に気がつき――？

『超訳ラヴクラフトライト』１～３
全国書店にて絶賛発売中！
超訳
ラヴクラフトライト
Super Liberal Interpretation
Lovecraft Light
創土社